Christian Grabow

Nachtblind

Über den Autor:

Christian Grabow wurde 1980 geboren. Er lebt in Berlin und ist dort als Arzt tätig. Seit seiner späten Jugend schreibt er Gedichte, Kurzgeschichten und Songtexte. Der Gedanke zum Verfassen eines Romans steckte schon länger in ihm. Inspiriert durch die vielfältigen Erlebnisse in seinem Arbeitsleben entstand diese fiktive Geschichte.

Christian Grabow

Nachtblind

1. Auflage 2014

Umschlaggestaltung: Jessie Michel

ISBN 978-1500464752

Email: nachtblind@outlook.com

Printed by CreateSpace

1

Der Spiegel

Jan erschrak. Seine blauen Augen starrten in den Spiegel. Sein Gesicht war von tiefen Augenringen gezeichnet. Die Haut war fahl, seine Körperhaltung und die Gesichtszüge kraftlos.
Er stand in dem kleinen, fast quadratischen Badezimmer seiner Wohnung über das weiße Waschbecken gebeugt. Aus dem Spiegelschrank hatte er sich seine Zahnbürste und Zahncreme genommen, doch weiter war er nicht gekommen. Er verharrte vor seinem Spiegelbild. Das helle Licht der Halogenspots brannte ihm schmerzhaft in den übernächtigten Augen.
„Was ist nur los mit dir?“, murmelte er mit heiserer Stimme.
Sein Blick war weiter starr suchend auf den Spiegel gerichtet. Schon länger hatte Jan die seichte Ahnung gehabt, aus der Bahn zu driften. Er verharrte. Schweigend. Sekunden, Minuten vergingen.
Jan kannte diese Situation. Er hatte bereits mit dem Gedanken gespielt, den Spiegelschrank von der Wand abzuschrauben und in der Mülltonne zu entsorgen. Aber der Schrank hing nach wie vor in seinem Badezimmer. Trotz der täglichen Konfrontation mit seinem Spiegelbild, das seit langem schon nur noch ein Entsetzen in ihm auslöste, gelang es ihm nicht, endlich etwas zu verändern.
Fluchtartig ließ er die Zahnbürste und Zahncreme fallen. Er schwankte, mit seiner Müdigkeit um den Gleichgewichtssinn ringend, zu seinem selbst gezimmerten Hochbett im Schlafzimmer und zog sich mühsam an den Stufen der steilen Holztreppe hoch.

Dann legte er sich bäuchlings, Arme und Beine von sich gestreckt, auf die Matratze.

Jan Fromholz war erst eine halbe Stunde zuvor in seine Zweiraumwohnung in Berlin-Prenzlauer Berg zurückgekehrt. Die Uhr hatte kurz nach neun gezeigt an diesem klaren Donnerstagmorgen. Böen eines kühlen Herbstwindes hatten ihm rau und abweisend ins Gesicht geweht und das gelbbraune, modrige Laub auf den Straßen empor gewirbelt, als er mit dem Fahrrad nach Hause gefahren war.
Es war der vierte Nachtdienst in Folge in einem Krankenhaus im Ostteil der Stadt gewesen. Jan war in der Klinik für Innere Medizin angestellt. Er hatte in Berlin studiert und kurz nach seinem Staatsexamen in diesem Krankenhaus eine Stelle gefunden. Man hatte es ihm ordentlich schmackhaft gemacht. Alles hatte sich damals so gut angehört. Bei „festem Rotationsplan" hatten ihm freudig die Augen geleuchtet. Als Berufsanfänger war er zu überwältigt gewesen, um auch nur eine Spur von Skepsis in sich aufsteigen zu spüren. Ohne zu zögern, hatte er zugesagt, da seine zahlreichen Bewerbungen in anderen Berliner Krankenhäusern entweder unbeantwortet geblieben oder mit Absagen zurückgeschickt worden waren.
Nach seiner Zeit als Assistenzarzt auf Station hatte ihn das klinikinterne Rotationssystem vor elf Monaten in die im Schichtdienst organisierte Rettungsstelle des Hauses befördert. Beförderung war nur in diesem Fall weniger mit Aufstieg verbunden. Das Rotationssystem schien, sobald man in der Rettungsstelle angekommen war, zu haken. Jan war nun am Ende des zweiten Jahres seiner Facharztausbildung. Ein Weiterrotieren stand für ihn offensichtlich in absehbarer Zukunft nicht an. Schon oft hatte er zunächst schüchtern fragend, dann

eindringlich bittend bei seinem Chefarzt und den für den Rotationsplan verantwortlichen Oberärzten vorgesprochen. Regelmäßig war er vertröstet worden. Die Beschwichtigungen hatten schmerzlich in seinem Kopf widergehallt. „Natürlich rotieren Sie in drei Monaten weiter auf die Intensivstation." „Machen Sie sich darüber nur keine Gedanken. Gesagt ist gesagt."
Zu viele Gedanken waren wieder auf ihn eingebrochen, nachdem er seine Wohnung betreten hatte. Ein flaues Gefühl hatte sich in seiner Magengegend aufgetan. Natürlich war er auch nach dieser Nacht müde gewesen. Zu müde, um klar zu denken. Nur seine quälenden Gedanken zeigten trotz schlafloser Nacht auch an diesem Morgen wie gewohnt keine Ermüdungserscheinungen.
Ein kleines, gut gekühltes Beck's und das vom gestrigen Abend verbliebene Viertel der nun kalten Salamipizza hatten ihn zum Frühstück in seiner Küche willkommen geheißen. Das flaue Gefühl war dadurch nicht besser geworden.
Während des Nachtdienstrhythmus kamen dem jungen Mediziner die Tage wie eine hängende Schallplatte vor. Abends vor dem Losgehen zum Nachtdienst eine Tiefkühl-Pizza von Dr. Oetker in den Ofen. Meistens Salami, manchmal Mozzarella. Aber gerne was mit Fleisch. Oder was danach schmeckte. Hielt irgendwie länger vor, hatte Jan den Eindruck. Thunfisch nie. Dann der zermürbende Dienst, in dem sich meistens doch nach drei oder vier Stunden der Hunger heimlich von hinten anzuschleichen drohte. Morgens schließlich schienen ihn die Pizzareste so abgekühlt, wie sie auch waren, auf einem Teller in seiner Küche zum Frühstück zu empfangen.
Gefangen in einer trostlosen Schleife.

Gut, dass ich keine Schallplatten habe, hatte er sich überlegt. Wahrscheinlich wäre der Rillenfehler, der seine Situation musikalisch passend untermalt hätte, auch noch ausgerechnet auf einem uralten Happy-Sound-Album von James Last aus den verstaubten Beständen seines Vaters gewesen. Nicht etwa Dylan, Stones oder der Boss. Wie denn auch?
Er hatte schon lange nicht mehr gewusst, wann nach Nachtdiensten alle anderen Getränke, die nach seinem Geschmack ein Frühstück besser komplettiert hätten, durch das Bier abgelöst worden waren. Vermutlich war es bereits nach den ersten Nachtdiensten, in denen er sich jedes Mal ohnehin Unmengen an Kaffee einflößte, zu dieser Angewohnheit gekommen. Eine Art Einschlafhilfe und in dieser niedrigen Dosierung doch kaum schädlich, hatte er sich zur eigenen Überzeugung gesagt. Er konnte langsam runter kommen, abschalten, besser einschlafen. Die entspannende Wirkung war für ihn jedoch rückblickend betrachtet ähnlich schnell verflogen wie die Stunden zwischen den zu zahlreichen Nachtdiensten. Vielleicht war er einfach zu müde gewesen und schlief anfangs deshalb so gut ein. Nur das zu müde sein war noch übrig geblieben.
Ohne sich zu setzen, hatte er sein kaltes und herzhaftes Frühstück auch an diesem Morgen, einem blind automatisiertem Ablauf gleichend, vertilgt.

Ruhelos lag Jan nun auf seinem Hochbett. Die sanfte Bitternote des Bieres und das salzige Aroma der Salamischeiben schienen sich einträchtig auf die Geschmacksknospen seiner Zunge zu legen.
Er zog seine ausgetreckten Arme zu sich heran, hob seinen Kopf etwas von der Matratze an und stützte sich auf den Ellenbogen ab. Verzweifelt fuhr er sich mit seinen Händen über den Nacken und den Hinterkopf in

Richtung Schläfen und zurück. Blindwütig kreisend durchwühlten seine Finger das blonde Haar. Sein funkgesteuerter Wecker zeigte inzwischen vier Minuten nach zehn. Er konnte nicht schlafen. Wie gestern. Und vorgestern.
Mühsam, als würde sein Körper seinem Willen nicht mehr unterliegen, wälzte er sich auf den Rücken und blieb reglos liegen. Er starrte an die weiße Decke seines Schlaf- und zugleich Arbeitszimmers. Durch die Höhe des Hochbetts kam er der Zimmerdecke in seiner Neubauwohnung sehr nahe. Bisweilen fühlte er sich fast erdrückt durch die über ihn ruhende kalte, leere Fläche. Besonders in Momenten wie diesen, in denen er aufgewühlt nach dem nötigen Schlaf rang.
Jan kam nicht umhin, sich einzugestehen, dass er das Hochbett mit Freude wieder in seine Einzelteile zerlegt hätte. Nicht nur das zunehmend erdrückende Gefühl hatte ihn zu diesem Eingeständnis bewogen, auch die Bequemlichkeit oben auf dem Bett ließ zu wünschen übrig. Auch sein gründliches und zweifelsohne exaktes Ausmessen hatte in dieser Hinsicht vor dem Bau nicht viel geholfen - die Zimmerdecke wurde nicht höher. Oben Fortbewegen bedeutete auf allen vieren zu kriechen. Wenn er oben im Dunkeln noch ein Buch las oder eine Zeitschrift durchblätterte und nur das schwache Licht der neben der Matratze positionierten Leuchte ihm Licht spendete, konnte er die kurze Distanz bis zur Zimmerdecke schon mal völlig ausblenden. Jede zu forsche Streckbewegung seines Halses oder seines Rückens rief ihm diese jedoch schmerzhaft in Erinnerung zurück.
Es war ohnehin nur eine Frage des mangelnden Raumangebots seiner Zwei-Zimmer-Wohnung gewesen, die ihm den Anstoß zu diesem handwerklichen Schritt gegeben hatte. Unter dem

Hochbett hatte Jan sich seine kleine Arbeitsnische einrichten können. Eine schmale Holzplatte, zwischen zwei stützenden Balken des Hochbetts verschraubt, fungierte als Schreibtisch. Auf den Wandregalen dahinter fanden seine Bücher allmählich keinen Platz mehr. Auch in seiner Arbeitsnische blieb ihm nach oben hin nicht viel Luft. Dass er mit einem Meter fünfundsiebzig nur durchschnittlich groß war, hatte Jan in diesem Fall wenigstens einmal nützlich gefunden.
Ein Aktenordner lag am äußersten Rand der Schreibtischplatte. Das Schwarz des Ordners begann allmählich dem trüben Grau einer dünnen Staubschicht zu weichen. Lange schon hatte er nicht mehr den Weg in seine Hände gefunden.
Der Ordner enthielt die sauber abgehefteten klinischen Daten und recherchierten Studien zu Jans Promotionsarbeit, die darin widerstandslos zu verwesen schienen. Er hatte sich noch vor dem Staatsexamen ein Thema zu operativen Therapiemethoden von Herzrhythmusstörungen gesucht und mit den ersten Arbeiten begonnen. Wesentliche voranbringende Schritte zu seinem Ziel, die Doktorwürde zu erlangen, waren seitdem nicht hinzu gekommen. Die Kontakte zu seinem Doktorvater waren immer seltener geworden. Der letzte lag bald ein Jahr zurück. Jan ließ den Ordner trotzdem liegen.

Um den Blick vom kalten Weiß der Zimmerdecke abzuwenden, drehte er sich auf die Seite. An seinem Unbehagen änderte auch die neue Liegeposition nichts, aber zumindest bemerkte Jan dabei, dass er noch fast vollständig bekleidet war.
Dass er sich immerhin zuvor seiner Sneakers offenbar noch erfolgreich im Flur entledigt hatte, beruhigte ihn etwas in seiner Zerstreutheit. Er blickte nach unten zu

seinen Füßen. Dass er nur noch seinen linken Fuß in einer Socke stecken sah, hatte jedoch wieder eine weniger beruhigende Wirkung auf ihn.
Durch die Enge oben auf dem Hochbett hatte Jan einige Schwierigkeiten, sich im Liegen seine Socke, die Jacke und Jeans sowie den Kapuzenpullover auszuziehen. Er fühlte sich nicht imstande, noch einmal das Bett zu verlassen und die Holztreppe herunter zu steigen. Stattdessen wälzte er sich mühevoll hin und her, bis er es schließlich schaffte, sich seiner Kleidung zu entledigen. Den Kleiderhaufen schob er mit seinen Füßen zum unteren Ende des Hochbetts. Kaum waren die Sachen über die Kante gerutscht und aus Jans Blick verschwunden, drang ein helles und lautes Klirren zu ihm hoch. Er drehte sich mit dem Kopf zum Fußende des Bettes und schaute hinunter.
Anna.
Dort unten lag ihr Bild zwischen den Scherben des Bilderrahmens - abgeräumt von seiner Schreibtisch-platte.
Ihr schüchternes Lächeln. Das warme Braun ihrer Augen. Die Strähne ihres dunklen glatten Haares, die ihr der Seewind schräg über das Gesicht gelegt hatte. Unwiderstehlich hatte sie sich an die Holzplanken der Seebrücke in Binz gelehnt.
Rügen. Es war ihr erster großer gemeinsamer Urlaub gewesen. Die Probezeit im Krankenhaus hatte Jan gerade bestanden gehabt. Sie hatten sich für eine Woche in einer Ferienwohnung mit Meerblick eingemietet. Auch das frühsommerliche Wetter hatte es damals gut mit den beiden gemeint. Nachts hatten sie die Tür zu dem kleinen Balkon offen gelassen und sich im Rauschen der Wellen leidenschaftlich geliebt. Die Probleme, die sein neuer arbeitsreicher Alltag im Krankenhaus für ihre Beziehung mit sich gebracht

hatte, waren durch die Intensität des Moments verblasst.
Zurück im Alltag hatten sie und ihre Beziehung wieder vor den gleichen Hürden gestanden. Jan war unerklärlich reizbar und stur geworden. Seine sonst ruhige und besonnene Art schien ihm abhanden gekommen zu sein. Immer häufiger entwickelten sich einfache Gespräche zwischen den beiden zu sinnlosen Diskussionen und lautstarken Streitereien. In den letzten Zügen ihrer Beziehung hatten sie sogar völlig auf einfache Gespräche verzichtet und waren ohne große Umschweife zum Anschreien übergegangen.
Jan bereute es im Nachhinein, in den letzten Monaten ihrer Beziehung nicht mehr Zeit für Anna gehabt zu haben. Er hatte nicht bemerkt, wie sehr ihn die Arbeit im Krankenhaus von Anfang an in Anspruch genommen hatte. Auch nicht, wie sehr Anna darunter gelitten hatte. Kaum weniger als unter seinem Persönlichkeitswandel.
Früher waren nie mehr als vier Tage zwischen ihren Treffen vergangen. Sie hatten sich bemüht, sich wenigstens zweimal in der Woche zu sehen. So oft es die Umstände zugelassen hatten, hatten sie auch die Nächte - er bei ihr oder sie bei ihm - miteinander verbracht. Ihr Job als Kellnerin hatte auch sie zeitlich sehr eingespannt. Freie Abende waren für Anna selten gewesen. Oft hatte sie bis weit nach Mitternacht zu tun. Selbst unter der Woche.
Für Jan war das Ende scheinbar weniger schmerzhaft gewesen als für Anna. Die Arbeit hatte ihm wenig Zeit gelassen, sich allzu intensiv damit zu beschäftigen. Vielleicht war seine Motivation auch noch eine andere gewesen und er hatte sich überdurchschnittlich engagiert in die Arbeit auf Station gestürzt. Dass bald darauf sein kurzfristiger Wechsel in die Rettungsstelle

festgelegt wurde und er sich wieder als zittriger Anfänger fühlend an ein neues Arbeiten gewöhnen musste, hatte ihm einen noch weiteren Abstand zu ihrer in die Brüche gegangenen Beziehung verschafft.
Der Kontakt zwischen Anna und Jan war geblieben. Sie hatten damals beschlossen, freundschaftlich in Verbindung zu bleiben. So wie es sich dann in den meisten Fällen entwickeln musste, stützte sich auch ihre Freundschaft vor allem auf die guten alten Zeiten und Erinnerungen, die sie miteinander verbanden. Weniger auf aktuelle Gefühle oder Erlebnisse. Ihre Lebensbahnen zeigten einen immer divergenteren Verlauf. Jan wusste, dass dies nicht nur ihm ins Bewusstsein gedrungen war. Gewiss war es Anna weit früher aufgefallen. Trotzdem hielten sie noch Kontakt, sogar mit gegenseitigem Interesse, auch wenn sie heute nicht mehr viel zusammengebracht hätte.
Sie trafen sich noch alle ein bis zwei Monate. Mal am Abend auf ein Glas, mal zur Frühsstückssemmel. Anna kellnerte immer noch. Aber zu schreiben war nach wie vor ihr Leben. Jan war begeistert gewesen von ihren lebensnahen Kurzgeschichten, die meistens im Prenzlauer Berg oder in Mitte angesiedelt waren. Sie schrieb wirklich gut, hatte offensichtlich schriftstellerisches Talent und genug Ehrgeiz, sich auch dahinter zu klemmen. Es bekamen leider nur zu wenige oder nicht die richtigen Leute mit. Das Schreiben blieb trotzdem ihr Leben - nur es reichte nicht, um davon leben zu können.

Sein Blick lag immer noch auf dem scherbenüberhäuften Foto. Verschwommen sah er durch seine feuchten Augen hindurch Anna auf der Seebrücke stehen. Rügen war vermutlich die letzte Chance für ihre Liebe gewesen. Auch dieses letzte Aufflammen ihrer

Leidenschaft hatte nicht verhindern können, dass Jan es damals dermaßen versaut hatte.
Er rollte sich zurück auf die Matratze. Seine müden Augenlider schoben sich langsam zu. Es wurde dunkel. Ein kleiner heller Schein schien sich plötzlich am schwarzen Horizont aufzutun. Weit entfernt zeichneten sich darin die Umrisse der Seebrücke ab. Anna lief winkend auf ihn zu.
Jan schlief ein.

2

Anna und Jan (I)

Anna: Und wie hat er dir gefallen?
Jan: Welcher?
Anna: Der letzte, der Merlot?
Jan: Zwei.
Anna: Was?
Jan: Schmeckte nach einer zwei. So nach Schulnoten.
Anna ohne Worte.
Jan: Nein, war wirklich gut. Danke.
Anna: Wofür?
Jan: Deine Nachfrage. Und deinen Tipp.
Typ im bordeauxfarbenen Lacoste-Poloshirt vom Nachbartisch: Was ist jetzt mit unserer Rechnung?
Anna flüsternd zu Jan: Du ich muss.
Jan: Ich muss auch…
Anna dabei, sich umzudrehen.
Jan: Warte. Ich muss… Ich würd dich gern wiedersehen.
Anna dreht sich um und geht.

Sie kommt wieder und geht mit der Rechnung zum Tisch des nervigen Lacoste-Poloshirts. Kein Blick zu Jan. Sie geht wieder hinter die Theke. Schreibt.

Anna kommt zurück zu Jan und drückt ihm einen Bierdeckel in die Hand.
Anna: Ich dich auch.

3

Zwischen Leber und Milz passt immer noch ein Pils

Holga Mückes Kehle fühlte sich klebrig und ausgetrocknet an. Soeben war er auf dem schmuddeligen grauen Teppich im Wohnzimmer seines alten Kumpanen Dieter Jahnke erwacht. Holga lag mitten in einem Meer von Kippen, Kronkorken und leeren Flaschen. Selbst in dem Wirrwarr der angegrauten Haare seines Vollbartes, der einen bizarren Kontrast zu den etlichen kahlen Stellen auf seinem Kopf bot, hatten sich Zigarettenreste verfangen.
Was er vor sich sah, konnte nicht die Arbeit des letzten Abends und der letzten Nacht gewesen sein, wusste er. Eigentlich hatte es seit einigen Wochen schon nicht mehr wesentlich anders in Dieters Wohnung ausgesehen. Seitdem Holga regelmäßig bei ihm mit ein und aus ging. So war er auch gestern Abend mit in Dieters Wohnung in Berlin-Lichtenberg gekommen.
Holga kannte Dieter seit wenigen Jahren. An die Umstände des Kennenlernens konnte er sich jedoch nicht mehr genau erinnern. Ihre erste Begegnung hätte sich gut an einem trüben Vormittag vor einem Supermarkt ereignet haben können. Dieter hätte mit einem Bier in der Hand neben den geparkten Einkaufswagen gestanden, als Holga gerade mit der gleichen Flüssignahrung herausgekommen wäre. Zuerst hätten beide - sich zögerlich grüßend - die Hand gehoben. Dann wäre er auf Dieter zugegangen und hätte ihn nach einer Zigarette gefragt. Schließlich hätten sie dann dort gemeinsam gestanden, ihr Bierchen gezischt, die Kunden und die Einkaufswagen

beschattet. So hätte es sich gut zugetragen haben können. Zumindest hätte das Holga nicht überrascht.
Es spielte aber auch keine besondere Rolle, denn eigentlich fiel es ihm selbst trotz aller Regelmäßigkeit immer wieder schwer, sich an das letzte Treffen zu erinnern. Eines stand fest, sie hatten ein bisschen getrunken. Das war die Konstante in ihrem Leben. Alle anderen Details und Erinnerungen verschwammen wie gewöhnlich mit jedem weiteren Bier und Korn immer mehr.

Trotz der vergilbten Gardinen vor den Fenstern von Dieters Wohnung schaffte es das Tageslicht, Holga ins Gesicht zu schimmern. Er versuchte die Zeiger der Uhr auf der rustikalen braunen Schrankwand zu entziffern. Nichts. Holga schloss noch einmal seine Augen und rieb fest darüber. Er öffnete sie wieder, immer noch nichts. Die Zeiger fehlten.
„Dieter, wie spät?“, fragte Holga etwas unverständlich - ihm schien die Zunge am Gaumen zu kleben. Er blickte durch den Raum, auf der Suche nach Dieter. Sein Blick blieb an einem noch unberührten Pils dicht neben ihm hängen. Mit großen Schlucken versuchte er sein Durstgefühl zu löschen. Leise vernahm er plötzlich ein röchelndes Schnarchen, dessen Ursprung er hinter der Couch vermutete. Holga setzte, dieses Mal lauter und deutlicher, erneut an: „Die Uhr auf deiner Schrankwand ist futsch. Wie spät ist es?“
„Mensch“, hallte es verzögert, aber lautstark zurück. „Ick schlafe noch. Haste Termine oder was?“
Kurze Stille.
„Nee.“
„Na also. Und dit ist nicht meine Schrankwand, dit ist die von Silke.“

Dieter war nicht gut auf Silke und schon gar nicht auf ihre geerbte Schrankwand zu sprechen. Um das versehentlich angerissene Ex-Frauen-Thema zu umschiffen, fragte Holga noch einmal nach der Zeit: „Wie spät ist es denn nun?“
Dieter rappelte sich auf, kramte in seiner Hosentasche und holte eine verschlissene Armbanduhr - das Armband fehlte, aber die digitale Anzeige tat es - heraus: „Kurz vor drei“.
„Scheint ja eine lange Nacht gewesen zu sein“, bemerkte Holga, erstaunt, dass es bereits mitten am Nachmittag war.
„Junge, wieso haste denn wieder von Silke anfangen müssen?“, griff Dieter leicht gereizt das Silke-Thema wieder auf.
„Hab ich doch gar nicht.“
„Ick bin froh, wenn ick mal nicht an sie denken muss.“
„Ich hab doch gar n….“, wollte Holga erneut einwerfen, Dieter jedoch, der nun Fahrt aufzunehmen schien, fiel ihm ins Wort.
„Weißte überhaupt, was Silke jetzt macht?“
„Keine Ahnung“, antwortete Holga ehrlich. Er wusste nur, was ihm jetzt blühte. Dieter hing immer noch an Silke. Das hatte man aber erst gemerkt, als Silke ihm mit einem anderen Mann davongelaufen war. Zu Zeiten ihrer Beziehung hatte Holga sich eher gefragt, wie Dieter mit jemandem zusammen sein konnte, den er, so war die Außenwirkung gewesen, scheinbar dermaßen gehasst hatte. Dass Silke nach dem Auszug nur einige Straßenzüge weiter bei ihrem neuen Partner untergekommen war, wirkte weniger beruhigend auf die ganze Situation.
„Weißte, ick hab sie neulich gesehen, mit ihrem neuen Macker. Haben beide grade einen großen BMW ausgeladen und irgendwelches Zeugs in so einen

kleinen Laden getragen. Scheint ihr Laden gewesen zu sein. Und weißte, was die da macht?“
„Nee.“
„Silke macht jetzt Kosmetik.“
„Sag bloß“, entgegnete Holga verwundert, der dachte, Silke hätte Fleischereifachverkäuferin gelernt.
„Ja. Kosmetikstudio Pamela steht auf dem Ladenschild.“
„Pamela?“
„Sag mal, ist dit etwa die letzte Pulle?“ fragte Dieter plötzlich, den Blick auf das Bier in Holgas Hand gerichtet.
„Weiß nicht. Die stand hier irgendwie neben mir noch rum.“
Dieter blieb stumm und mit ernster Miene vor ihm stehen.
„Hier, kannst gerne was abhaben“, bot Holga ihm ein wenig schuldbewusst an. Schließlich hatten sie offenbar Dieters Biervorrat bis fast auf den letzten Tropfen geleert.
„Dann gib mal her.“
Holga streckte Dieter die Flasche entgegen. Dieter setzte einmal an, dann war die Flasche leer.
„Willste auch was essen?“, fragte er Holga.
„Was haben wir denn noch?“
Sie gingen beide in die Küche, um der Frage nachzugehen. Die Antwort lag in einem älteren Kanten Mischbrot und ein paar Scheiben Lyoner, die noch genießbar zu sein schienen. Dieter schaltete das Radio ein. Die ersten Takte von Johnny Logans „Hold me now“ erklangen.
„Bitte nicht dieser Song“, sagte Dieter mit unversehens rührseliger Stimme. „Dit war unser Song. Silke hat den über alles geliebt.“
„Was? Oder wen?“

„Na den Song. Aber bestimmt auch den Johnny Logan. Ick glaube, der hat sogar zweimal den Grand Prix gewonnen."
„Glaube ich auch."
„War der nicht Irländer?"
„Nein, Ire."
„Sag ick doch."

Sie saßen am Küchentisch, aßen das trockene Brot und tranken Leitungswasser bei gefühlsduseliger Musik aus den Achtzigern. Immerhin war der Vorrat an Zigaretten noch nicht ganz erschöpft. So bot Dieter Holga eine an und ergriff dabei die Gelegenheit, Holga auf die Wohnsituation anzusprechen. So gerne er sich mit ihm gemeinsam einen hinter die Binde goss, so störend und beengend empfand er allmählich ihre regelmäßige Zweisamkeit, die ihm schon mit Silke, als sie noch ein Paar gewesen waren, ziemlich bald im Wege gestanden hatte.

Holga war vor einem Monat aus seiner Wohnung geflogen und hatte seitdem keinen festen Wohnsitz mehr. Mit den Mieten war er schon länger im Rückstand gewesen. Ein regelmäßiges Einkommen hatte er nie gehabt. Umso problematischer gestaltete es sich auch, dass man nicht wirklich ein organisatorisches Talent an Holga beobachten konnte. Termine bei dem Arbeitsamt und dem Sozialamt hatte er meist leichtsinnig verpasst. Unaufhaltsam war er weiter in die Krise geschlittert. Doch in seinem Bewusstsein kam es erst an, als er von einem Tag auf den anderen ohne Wohnung dagestanden hatte. Auf Dieter hatte er sich im ersten Moment verlassen können. Obwohl Holga ihn nie wirklich gefragt hatte, ob er bei ihm wohnen durfte, hatte es sich so ergeben.

Holga hatte schon vorher geahnt, dass Dieter sich zunehmend eingezwängt fühlte. Deshalb hatte er, um eine gewisse Entspannung bemüht, in den letzten drei Wochen auch zweimal bei Werner, einem anderen Supermarkt-Kumpel, übernachtet. Werner hatte es nicht gemerkt, dass Holga neben einem geselligen Umtrunk auch ein Obdach gesucht hatte.
Natürlich hatte Dieter anfangs durch den Verlust von Silke eine gewisse mitfühlende Nähe gebraucht. Auch wenn er den Verlust immer noch nicht überstanden hatte, so konnte er offenbar jetzt zumindest auf Holgas Trost und Nähe verzichten.
Holga nahm Dieters Vorstoß eher schweigend hin. Auch dachte Holga in diesem Augenblick noch nicht allzu viel über Dieters Hinweis, es doch mal für die nächsten Tage bei Werner oder einem ihrer anderen Bekannten zu probieren, nach.
Sie steckten sich jeder noch eine Zigarette an und rauchten, ohne viele Worte zu verlieren, weiter. Dann suchte Holga seinen wenigen Kram, den er in Dieters Wohnung liegen hatte, zusammen. Neben einer dunkelbraunen Fleecedecke war es nur ein dickerer, verschlissener Rollkragenpullover, den er in seinem schmuddeligen Jutebeutel zu verstauen hatte. Holga verschwand noch kurz im Bad, um die Toilette zu benutzen. Am Waschbecken fing er das kalte Wasser mit seinen Händen auf. Dann beugte er seinen Kopf nach vorne und versuchte, sich sein verbraucht wirkendes Gesicht etwas frisch zu machen. Es stand in den Sternen, wann er die nächste Gelegenheit dazu bekommen würde.
Wieder im Flur zog sich Holga seine hellblaue Jeansjacke an, die mit den etlichen Flecken und den abgewetzten Stellen gut zur mitgenommenen Gesamterscheinung passte. Er verabschiedete sich kurz

und unaufgeregt von Dieter, der ihm noch mit auf den Weg gab, dass er sicher nochmal bei ihm schlafen können würde, aber erst einmal wäre es besser, wenn nicht.
„Hast du noch ein paar Euro? Damit ich nicht ganz so hilflos dastehe“, bat Holga den eigentlich auch chronisch blanken Dieter zum Abschluss frei heraus.

Wieder stand Holga vorerst ohne Obdach auf der Straße - immerhin mit zwei Zwei-Euromünzen in der Tasche und einer gelben Plastiktüte mit ein paar Mehrwegflaschen als Bonus in der Hand. Seinen Jutebeutel hatte er sich um die Schulter gehängt. Holga merkte, wie die Tüte durch das Gewicht der leeren Bierflaschen gedehnt wurde und griff stützend mit der anderen Hand unter die Tüte. Ohne große Umschweife klärte sich für Holga die Frage, welches Ziel er jetzt ansteuern sollte. Er machte sich in Richtung Supermarkt auf - hauptsächlich um den Inhalt der Tüte in Münzgeld zu verwandeln. Ob er es dann auch gleich wieder investieren würde, ließ Holga für sich noch offen.
Der nächste Supermarkt lag zwar nicht um die Ecke, war aber in wenigen Minuten von Dieters Wohnung aus zu Fuß zu erreichen. Holga stapfte los. Vorbei an den Wohnhausblöcken, der wenig einladenden Eckkneipe, die für ihn ohnedies zu teuer und trotz seiner unbestimmten politischen Ausrichtung zu weit rechts angesiedelt war, dem Drogeriemarkt, dem Tiernahrungsgeschäft, dem Asia Imbiss, dem Blumenladen und der Änderungsschneiderei in einem, dem Kosmetikstudio Pamela, der kleinen, immer leer wirkenden Damen- und Herrenboutique mit Mode aus längst vergangenen Zeiten, und das wahrscheinlich nicht nur in den Schaufenstern.

Plötzlich blieb Holga verwundert stehen. Er lief einige Schritte zurück. Da stand es, Kosmetikstudio Pamela. Er wusste, dass Silke immer noch hier in der Gegend wohnte, aber nicht, dass sie ihr Geschäft hier hatte. Seiner Neugier nachgebend, drückte Holga sein Gesicht an die Fensterscheibe. Er sah nicht viel, ein großer Paravent verhinderte einen Blick in die Weite des Raums. Unvermittelt wurde die Ladentür geöffnet und Silke stand draußen neben ihm. Sie zündete sich eine Zigarette an. Holga war zu überrascht, um gleich die Sprache wiederzufinden.

„Na? Vergiss nicht, deinen fettigen Gesichtsabdruck von der Scheibe zu wischen", ergriff Silke das Wort.

Holga, immer noch um jedes Wort verlegen, überlegte verzweifelt, ob sie ihn durch die Scheibe hatte glotzen sehen oder nur heraus getreten war, um eine zu rauchen.

„Was ist los? Knoten in der Zunge?" zog Silke ihn auf.

„Äh, nein", stammelte Holga, „ähm, ich habe von Dieter von deinem Laden gehört. Sieht ganz hübsch von außen aus", erfand Holga.

„Ja, findste?" fragte sie auf einmal freundlich lächelnd zurück.

„Auf jeden Fall. Nur der Name vielleicht. Wieso denn Pamela?"

„Na weil es gut klingt. Du verstehst scheinbar nicht viel, so von Außendarstellung eines Unternehmens und so. Der Name muss halt schon was hermachen, geschnallt?"

„Ich versuche es. Und wer ist nun diese Pamela?" fragte Holga nun gar nicht mehr verlegen, um Silke aufzuziehen und sich bei ihr für den „fettigen Gesichtsabdruck" zu revanchieren.

„Ach Holga, vergiss es einfach", blockte Silke kurzerhand ab.

Holga zog weiter zum Supermarkt. Er steckte die Flaschen in den Pfandautomaten und dachte darüber nach, ob er Silke wegen eines Schlafplatzes für heute Nacht hätte fragen sollen. Sie kannten sich nicht gut, aber sie waren einander bekannt. Da jedoch ihr kurzes Zusammentreffen nicht wirklich passend für diese Frage gewesen war, er sich auch bei einem besser geeigneten Moment nicht getraut hätte, sie zu fragen, und er eigentlich auch überhaupt nicht hätte fragen wollen, da er Silkes Antwort, auch ohne zu fragen, erahnt hätte, kam er zu dem Schluss, alles richtig gemacht zu haben.
Holga löste den Pfandbon noch nicht ein. Er entschied sich, für später zu sparen, indem er vorerst nichts weiter mitnahm. Die Suche nach einem Bekannten und seiner damit verbundenen Hoffnung nach einer Unterkunft für die Nacht war für ihn augenblicklich vorrangig. Holga versuchte nicht auf die leichte Unruhe, die nach dem bisher mehr oder minder trockenen Tag allmählich in ihm aufblühte, zu achten. Er wusste dennoch um die Gefahr, wenn er zu lange ohne Alkohol bleiben würde. Öfter schon war er mal seichter, mal tiefer in den Entzug gerutscht, einmal hatte er gekrampft. Er bemühte sich auch heute, diesen Zwischenfall, so gut es ging, zu vergessen.
Leider konnte Holga weder im noch vor dem Supermarkt ein ihm bekanntes Gesicht sehen. Er machte sich wieder auf den Weg. Die wenigen Lücken in dem Wolken verhangenen Himmel waren bereits in ein mildes Rot getaucht. Holga hatte keine andere Wahl, als den nächsten Einkaufsmarkt abzulaufen. Je später es wurde, umso geringer war seine Aussicht, heute Abend noch bei einem Bekannten unterzukommen. Auch beim nächsten Supermarkt hatte er keinen Erfolg. Obwohl seine Füße durch die ab-

gelaufenen Sohlen seiner Schuhe schmerzten, musste er weiter gehen. Aber Holga traf niemanden mehr. Er blieb allein.
Zermürbt stand er vor dem letzten Supermarkt. Ein Hoffnungsfunken schoss in seinen Gedanken doch noch hoch. Er hatte von den Notunterkünften gehört gehabt. Aber er hatte auch gehört, dass dort zu viel passieren konnte. Zu viele resignierte Leute wie er auf einem Haufen waren Holga zu explosiv. Außerdem hatte er gehört, dass dort zu viel geklaut wurde. Eigentlich hatte er nichts mehr, aber selbst das wollte er sich nicht nehmen lassen. Mit Alkohol, ohne den er jetzt nicht konnte, würden sie ihm wahrscheinlich ohnehin nicht die Tür öffnen, dachte Holga weiter. Wenn überhaupt noch Platz sein würde. So schnell wie der Gedanke aufgetaucht war, so schnell erlosch auch seine damit verbundene Hoffnung.
Um sich auf die Nacht vorzubereiten, ging Holga in den Supermarkt und holte sich vier Pils und zwei kleine Flaschen Goldkrone. Zu mehr hatte es nicht gereicht, da er den Pfandbon sehr zu seinem Widerwillen hier in dieser Filiale nicht einlösen konnte. So blieb ihm aber eine kleine Rücklage für morgen, versuchte Holga der Situation etwas Positives abzugewinnen.
Draußen öffnete er das erste Bier und versuchte, sich warm zu trinken. Mit Blick nach einem geeigneten Platz für die Nacht lief er weiter. Holga hoffte, etwas Überdachtes mit einem Sitz oder einer Bank zu finden. Die Straßenbahnhaltestelle, die sich im Dunkeln vor ihm abzeichnete, schien seine bescheidenen Wünsche fürs Erste zu erfüllen. Auch die nächsten Wohnhausblöcke lagen weit genug hinter ihm. Holga sah sich an diesem abgelegenen Ort schon ungestört und ohne Aufruhr die Nachtstunden verbringen.

Kurz flackerte noch einmal der Gedanke in ihm auf, es doch noch einmal bei Dieter zu versuchen. Vor diese unmenschliche Entscheidung aber wollte er Dieter gar nicht erst stellen. Holga setzte sich auf einen der Sitze der Haltestelle. Er schraubte sich eine der Goldkroneflaschen auf und trank weiter. Warm wurde ihm trotzdem nicht.
Er beobachtete eine Weile lang, wie einige wenige Straßenbahnen an ihm vorbeifuhren. Er schaute und trank, nichts weiter. Schließlich griff er nach dem Pullover und der Decke aus seinem Beutel. Nachdem er den Pullover untergezogen hatte, legte er sich quer auf die gesamte Sitzreihe, nahm die Beine dicht an seinen Körper heran und deckte sich etwas zu. Holga schloss die Augen und tauchte ein in die beginnende Nacht.

4

Der Finanzberater

Es war einer dieser Tage, an denen Niels Oliver Baumgartner ausgelastet war mit Terminen. Im Grunde waren es jedoch nur zwei. Bedenkt man aber die Wochen zuvor, in denen es ihm an Terminen gefehlt hatte, schien es heute ein vergleichsweise stressiger Arbeitstag für den Finanz- und Steuerberater zu werden. Ein Tag, an dem er ausführlich über die finanziellen Perspektiven mit den zwei jeweils neuen Mandanten - jungen, frisch approbierten Ärzten - „kontemplieren“ konnte, wie er es in Gegenwart anderer oft und gerne nannte. Dass die jungen Ärzte Baumgartners Mandanten sein würden, wussten sie noch nicht. Aber nach dem jeweils für ihn vorhersehbaren erfolgreichen Abschluss einer Berufshaftpflichtversicherung - ein wirklicher Erfolg bei einer Erstberatung - würde er zwei neue gewinnversprechende Kontakte im Adressbuch seines weißen iPhones abspeichern können.

Baumgartner betrieb sein Büro in Berlin-Mitte unweit des Hackeschen Marktes. Der monatliche Mietpreis war beträchtlich für die auf knapp einhundert Quadratmeter verteilten drei Zimmer in dem Altbauwohnobjekt und begann ihm angesichts der jüngsten Geschäftsflaute zu schaffen zu machen. Die anstehenden Termine des heutigen Tages ließen ihn aber erst einmal beruhigt nach vorne blicken. „Ist die Haftpflicht erst einmal unter Dach und Fach, fällt die Berufsunfähigkeit wie der König beim Schach“, pflegte er nach Versicherungsabschlüssen oft und gerne zu bemerken. Seine persönliche Assistentin und Sekretärin Natascha Brunner - die einzige Beschäftigte in seiner Kanzlei - wusste derartige Einwürfe stets mit einem ihre strahlend weißen, perfekten Zähne entblößenden Lächeln zu kommentieren.

Anderthalb Stunden blieben Baumgartner noch, bis Natascha das Büro gegen zehn Uhr betreten und mit ihrer, angesichts der terminlichen Lage der letzten Zeit, überschaubaren Arbeit beginnen würde. Er stand von seiner Ledercouch auf und legte die Bettdecke und das Kopfkissen, beides in einem hellgelben Satinbezug, auf den Boden. Das weiße Laken faltete Baumgartner gewissenhaft zusammen und stapelte es auf dem restlichen Bettzeug. Mit Bewunderung betrachtete er das nun wieder gänzlich frei liegende tiefe Schwarz seiner Ledercouch.
Nachdem er sich im Badezimmer glatt rasiert, geduscht und die Haare akkurat gescheitelt hatte, trug er das Bettzeug in die kleine Abstellkammer, die durch die Küche zu erreichen war. Baumgartner verstaute alles auf einem freistehenden Pappkarton, der wie die anderen drei über einander gestapelten Kartons seine Kleidungsstücke enthielt. Für seine Sakkos und Anzugshosen hatte er sich an die Tür der Abstellkammer eine Stange geschraubt, die sich durch die eng an Bügeln übereinander gehangenen Sachen beinahe durchzubiegen schien. Dass die Abstellkammer nicht nur als Baumgartners Kleiderschrank, sondern auch ihrem eigentlichen Zweck entsprechend als Abstellmöglichkeit für Schrubber, Putzlappen, Eimer und weitere nützliche Reinigungsutensilien diente, hatte sich bereits gelegentlich auf die Duftnote seiner Kleidungsstücke ausgewirkt. So hatte ihn schon manches Mal ein Hauch von Bergfrühling umgeben.

Aus einem roten Plastikkorb, der auf einer Getränkekiste stand, griff er sich Unterwäsche und Strümpfe. Von der Stange an der Tür nahm er sich den zuvorderst hängenden anthrazitfarbenen Anzug mit Hose und Sakko vom Bügel und legte ihn in der Küche über eine Stuhllehne. Zurück in der Kammer nahm sich Baumgartner den obersten Pappkarton vom Stapel und suchte darin nach einem passenden Hemd. Ein weißes mit New-Kent-Kragen kombiniert mit einer grauen Seidenkrawatte im dezenten Paisley-Design sollte ihn heute durch den Tag begleiten. Er zog sich an und ging dann in das Badezimmer zurück. Er trat vor den Spiegel im Bad, um seinem Erscheinungsbild mit einem Windsorknoten den letzten Schliff zu geben.

Baumgartner hatte noch etwas Bares im Portemonnaie. Bevor er sich davon unten im Bäckerlädchen nebenan sein Frühstück holen ging, kontrollierte er akribisch, ob er alles weggeräumt hatte. Sein Büro sah wieder nach Büro, nicht nach Schlafgemach, aus. Die Tür zur Abstellkammer hatte er abgeschlossen. Das Badezimmer lüftete er noch durch. Die Badewanne hatte er mit seinem Handtuch, das er über die Heizung in der Küche hing, trocken gewischt. Natascha konnte kommen. Nur das Duschhandtuch musste er bis dahin noch verschwinden lassen.
Von dieser Eile getrieben, trat er an diesem kalten Herbstmorgen im Laufschritt auf die Straße, um sich schnell einen Coffee-to-go und ein belegtes Brötchen zu besorgen. Er versuchte gar nicht erst darüber nachzudenken, ob Natascha es bereits spitzbekommen hatte, dass er mittlerweile hier im Büro wohnte.

Baumgartner war gewillt, Natascha das Gehalt dieses Mal pünktlich zum Ersten des nächsten Monats zu zahlen. Er hatte sie ohnehin schon auf zwanzig Wochenstunden drücken müssen, um Geld einzusparen. In Anbetracht des Mangels an Terminen und dementsprechend auch an Mandanten und Abschlüssen von Versicherungen und Beratungsverträgen in letzter Zeit, war seine finanzielle Lage inzwischen sehr angespannt. Nicht nur, dass er immer weniger neues Klientel zum Beraten fand, waren auch viele seiner ihm einst wohlgesonnenen Kunden zu anderen Beratungskanzleien oder größeren Beratungsunternehmen gewechselt. Dass dazu noch der Wert seiner Aktienbestände auf ein Viertel ihres Kaufpreises geschrumpft war, hatte seine Frustration nur noch verstärkt.

Selbst Baumgartners Entscheidung, seit einigen Wochen auf die polnische Putzfrau zu verzichten, hatte keine entscheidenden Einsparungen bewirkt. Er hatte sie unterbezahlt. Sie war so billig gewesen, dass der Verzicht seine Bilanzen schlichtweg nicht hatte aufbessern können.

Er versuchte auch jeden Gedanken daran, ob Natascha ihm bald abspringen würde, zu vermeiden. Sein Gespür hatte ihn jedoch längst etwas erahnen lassen. Schon das hatte wie neuer explosiver Treibstoff auf seine Verbitterung gewirkt. Als Guido Runge, sein Mitarbeiter und zweites Hirn in Sachen Steuerfragen, vor einem Vierteljahr plötzlich seinen Weggang verkündet hatte, hatte sich Baumgartner kaum im Zaum halten können. Als tiefste Abtrünnigkeit hatte er Runges Entschluss aufgefasst. Runge hatte ihm die Erledigungen der Steueraufgaben weitgehend abgenommen, während Baumgartner seine eigene Konzentration ausschließlich auf den Börsenmarkt, die Anleihen und das Versicherungsgeschäft gelenkt hatte.

Es hatte aber auch schon vorher in ihm gebrodelt. Es hatte damit angefangen, dass sich seine Ehefrau von ihm getrennt hatte. Eva und er waren noch nicht geschieden, aber daran führte kein Weg vorbei. Nach ihrer Trennung war sie zurück zu ihren Eltern nach Münster gegangen. Zurück in das große, aparte Haus im Aaseeviertel. Die gemeinsamen Töchter, Ella und Marlene, hatte sie mitgenommen. Für Baumgartner war Arbeit immer vorgegangen. Er hatte mit Ella und Marlene, schon als sie klein waren, wenig anfangen können. Dass sie jetzt in der Pubertät steckten, Marlene in der Frühphase, Ella mittendrin, hatte ihn noch weiter von beiden entfernt. Ihr Verlust war für ihn tragbar gewesen. Dass er aber die große Dachgeschoss-wohnung in Berlin-Wilmersdorf nicht hatte halten können, schmerzte ihn - immer noch - mehr.

Als Natascha die Bürowohnung betrat, hatte Baumgartner das Duschhandtuch längst sicher in der Abstellkammer verstaut. Obwohl ihm nicht entgangen war, dass Natascha in letzter Zeit mit ihren Aufgaben unterfordert gewesen war, hatte er ihr nach dem Verzicht auf die Putzfrau nicht das Reinigen der Räumlichkeiten übertragen. Er hatte geahnt, wozu es geführt hätte. Sie war die letzte, die ihm noch geblieben war. Er putzte die Räume jeden zweiten Abend selbst.

Natascha begrüßte Baumgartner freundlich in seinem Büro und begann dann, ihren Teil zur Vorbereitung auf die zwei anstehenden Geschäftstermine zu erledigen. Sie brachte einige Gläser sowie kleine Saft- und Mineralwasserflaschen in den Besprechungsraum und platzierte dort alles ansprechend auf dem großen runden Tisch.

Trotz allem war Baumgartner immer noch derart von sich überzeugt, dass er keiner zusätzlichen Vorbereitung für solche Termine bedurfte. Seine Verblendung ließ ihn glauben, es wie früher einfach aus dem Effeff zu erledigen. Diese Gabe, meinte er, konnte ihm keiner nehmen.

Der erste Termin verlief erwartungsgemäß. Baumgartner schloss mit der frischgebackenen Ärztin eine Berufshaftpflichtversicherung ab. Durch ihre Reaktion auf das Angebot, im nächsten Jahr ihre erste Lohnsteuererklärung kostenlos in seiner Kanzlei zu erstellen, gewann er den sicheren Eindruck, sie längerfristig an sich binden zu können. Die Berufsunfähigkeitsrente und die Altersvorsorgemodelle sprach er zwar an und gab ihr auch die gemeinsam erarbeiteten schriftlichen Notizen dazu mit in die Hand. Bewusst ließ er ihr aber etwas Abstand. Überrumpeln war in seinem Geschäft nicht gut. Er war erfahren genug, um nur behutsam vorzufühlen und erst wenn er die Chance wittern würde, schnell zuzupacken. Deshalb vereinbarte er, die junge Medizinerin in den nächsten Tagen anzurufen. Falls Unklarheiten bei ihr auftauchen sollten, würde er diese ausräumen und dann womöglich auch diese Sache in Richtung Abschluss bewegen können.

Dagegen schien der spätere Termin, ebenfalls mit einem frischen Absolventen der medizinischen Fakultät, zu platzen. Als eine halbe Stunde nach der vereinbarten Zeit immer noch niemand erschienen war, wies Baumgartner Natascha unwirsch an, den Arzt anzurufen und die Verzögerung zu klären. Was sie auf diesem Wege in Erfahrung brachte, war Baumgartners Verdrossenheit nicht zuträglich. Der Arzt hatte sich bereits für einen der großen Finanzdienstleister entschieden und dort offenbar komfortable Versicherungslösungen für sich und seine Zukunft gefunden.

Verärgert schickte Baumgartner Natascha in den frühen Feierabend. Er selbst versuchte sich in seinem schwarzledernen Bürosessel sitzend zu sammeln, aber seine Verbitterung durch diesen nächsten Rückschlag wuchs sich allmählich in eine unkontrollierbare Wut aus. Bewegungslos saß er da. Seine Hände lagen flach vor ihm auf dem Schreibtisch. Seine Augen waren weit aufgerissen und blickten, fast ohne jedes Blinzeln, ins Nichts.
Als das plötzliche Klingeln seines iPhones wieder eine Regung in ihm auszulösen vermochte, waren seine Augen gerötet und juckten vor Trockenheit. Es war inzwischen frühabendlich dunkel geworden. Er nahm den Anruf an. Eva teilte ihm mit, dass ihr Anwalt ihm Unterlagen wegen der Scheidung zukommen lassen würde. Außerdem merkte sie an, dass er sich endlich einen Anwalt nehmen sollte. Baumgartner rastete aus. Er beschimpfte Eva wüst. Sie brach ab, indem sie auflegte.
Baumgartner sprang aus seinem Bürosessel auf. Tollwütig suchte er nach etwas, dass er zerstören konnte. Sein iPhone an die Wand zu schleudern, zeigte keinen dämpfenden Effekt. Auch den sperrigen Bürosessel hochzustemmen und auf seinen Schreibtisch niederzuschmettern, konnte seine Nerven nicht beruhigen. Baumgartner spürte, dass er einen anderen Reiz benötigte, um sich jetzt wieder abreagieren zu können. Schon einmal waren seine Emotionen derart mit ihm durchgegangen - an dem Abend, als Eva sich von ihm getrennt hatte. Auch damals hatte er sich nicht einfach so in den Griff bekommen. Weder Möbel umzuwerfen noch Eva anzuschreien und ihr eine zu scheuern hatten eine abkühlende Wirkung gehabt. Er hatte einen extremeren Kitzel gebraucht. Und er hatte ihn gefunden.

Es war später Abend geworden, als Baumgartner heute aufbrach. Trotz des morgendlichen Besuchs beim Bäckerladen fand er in seinen Taschen noch genügend Kleingeld für eine türkische Pizza und eine Flasche Bier in einem Imbisslokal an der Straßenecke. Er hatte ohnehin kaum Hunger. Seine Erregung und blinde Wut hatten sein Hungergefühl überblendet. Er aß trotzdem.
Auf der Suche nach dem ultimativen Kick trieb es ihn dann weiter durch die Straßen von Berlin.

5

Dreiraumwohnung im Prenzlauer Berg gesucht

Jans Funkwecker versuchte es mit dem sekündlich erklingenden Piepton zur eingestellten Alarmzeit - achtzehn Uhr - zunächst vergeblich, Jan zu wecken. Erst als das Geräusch nach einer Minute in ein durchdringendes Dauerfiepen umsprang, drang das Signal so weit zu Jan vor, dass dieser mühsam seine Augen aufschlug.

Er hatte kurz mit seiner Orientierung zu kämpfen. Dann wusste er, dass er immer noch genau an dem Punkt war, an dem er heute Morgen gestanden hatte. Was hätte sich auch verändern sollen? Die Zimmerdecke hing noch genauso knapp über ihm wie vorher. Wie er eingeschlafen war, wusste Jan nicht mehr.

Er stieg die Stufen der Holztreppe herunter. Als er unten angekommen war und zur Seite schaute, sah er Annas Bild mitten in den Scherben des Bilderrahmens liegen. Langsam dämmerte es Jan wieder.

Er stapfte ins Badezimmer. Die Toilette im Visier, kam Jan nicht umhin, einen Seitenblick in die Front seines Spiegelschranks zu wagen. Außer die Sicht auf jemanden, der vor völliger Erschöpfung kurz vor dem Zusammenbruch zu stehen schien, gab das trostlose Spiegelbild nicht mehr her. Wie sollte er auch anders aussehen? Immerhin sah er so aus, wie er sich fühlte. Das klang doch zumindest irgendwie nach einem ihm innewohnenden harmonischen Zustand, hatte Jan den Eindruck. Klang aber nur so, gestand er sich ernüchtert ein.

Die sprießenden Bartstoppeln ließ Jan stehen. Es war mehr eine Frage der fehlenden Motivation, sich zu rasieren, als eine Frage des Stylings. Frisch geduscht - Jan duschte gerne zu heiß und zu lange - fühlte er sich auch nicht besser als vorher.
Er schlüpfte in eine lange Jogginghose und ein T-Shirt. Mit dem Notebook unter dem Arm ging er in die Küche und warf Kaffeemaschine und Toaster an. Jan schob die Überreste des Morgens auf dem Tisch beiseite und stellte sich einen Kaffeepott, ein Holzbrettchen mit einem Messer darauf, Margarine und Marmeladen hin. Aprikose und Erdbeere. Die ersten beiden Toastbrotscheiben schossen hoch. Jan steckte gleich zwei Scheiben nach. Der Kaffee war noch am Durchlaufen. Er schenkte sich dennoch schon ein.
Ein intensives Hungergefühl hatte durch ein beginnendes Krampfen in seinem Magen auf sich aufmerksam gemacht. Die Toastbrotscheiben mit Marmelade konnten das Hungergefühl zwar etwas dämpfen, jedoch klopfte nun auch noch der Appetit an. Jan öffnete das Gefrierfach seines Kühlschranks. Nein, dachte Jan verzweifelt, als er ein fast leeres Fach ohne Pizza vor sich sah. Ungläubig hob er den einzigen Inhalt, die Eiswürfelschale, hoch. Außer dass er sein Gefrierfach mal abtauen musste, führte ihn das jedoch zu keiner weiteren Erkenntnis. Die Erinnerung kehrte langsam wieder. Er hatte seinen Pizzavorrat gestern aufgebracht. Widerwillig steckte er zwei weitere Scheiben in den Toaster. Und noch zwei.
Jans hastige Art zu essen bewirkte, dass ihn das krampfartige Gefühl in seinem Oberbauch weiter plagte. Nicht mehr durch den Hunger, sondern durch das limitierte Platzangebot in seinem zu vollen Magen. Er versuchte diesen begrenzten Raum durch ein Strecken und Zurücklehnen in seinem Küchenstuhl zu

erweitern - mit mäßigem Erfolg. Ihn begleitete ein unangenehmes Völlegefühl, als er sein Notebook aufklappte und sich in das Getümmel der Wohnungsanzeigen stürzte. Er durchstöberte nahezu täglich die Immobilienseiten im Netz auf der Suche nach einer Dreiraumwohnung im Prenzlauer Berg, natürlich Altbau.
Letzteres war - neben der Vergrößerung der Wohnungsfläche an sich - ein entscheidender Punkt bei seiner Suche. Jan wohnte zwar schon seit zweieinhalb Jahren im Prenzlauer Berg, aber als am Ende seines Studiums der Wunsch nach dem Wohnsitz im Szenekiez in ihm aufgekeimt war, hatte sein Budget nur eine Zweiraumwohnung im Neubaugebiet um die Michelangelostraße zugelassen. Schöner Straßenname, hatte Jan gedacht, für die Gegend immerhin. So war er in den Prenzlauer Berg gekommen.
Da er bisher in seinem Leben, was das Wohnen betraf, nur die ostdeutschen Plattenbauten gekannt hatte, hatte diese angenehme Vertrautheit ihn etwas über seine Enttäuschung, nicht mitten im Szenekiez gelandet zu sein, hinweggetröstet. Der Weg zu Cafés, Bars und Clubs war von seiner Wohnung aus ohnehin nicht weit. Kurz aufs Rad geschwungen und schon steppte der Bär. Wenn er gewollt hätte.

Die erste Wohnung in der Platte in seinem Leben hatte in Potsdam gelegen - in der Waldstadt I. Jan wusste das aber nur aus Erzählungen. Er war zu klein gewesen, als dass er sich daran hätte erinnern können. Nur wenige Jahre nach seiner Geburt in Potsdam waren seine Eltern in die Waldstadt II in einen neu errichteten Wohnkomplex gezogen. Hier hatte er seine Kindheit und Jugend verbracht. Hier war er erwachsen geworden mit allem Drum und Dran.

Jans Mutter war tödlich verunglückt, als er acht Jahre alt gewesen war. 1988. Natürlich war er geschockt gewesen. Der wesentlichste Teil seines bisherigen Lebens war plötzlich auf Nimmerwiedersehen verschwunden. Er wusste noch, dass die Polizei damals ermittelt hatte, aber die Untersuchungen wurden kurz nach dem Unfall eingestellt. Aller Wahrscheinlichkeit nach Suizid, hatte es geheißen.
Es lag lange zurück, aber er hatte sich nie, auch kurz danach nicht an irgendwelche Anzeichen, die ihre vermutete Absicht angedeutet hätten, erinnern können. Sie war an einer Bahntrasse, direkt neben einem Schienenstrang, an einem Vormittag spazieren gegangen. Sein Vater hatte ihn am Abend nach der Schule und den Hausaufgaben mit Bedacht über ihren Tod aufgeklärt. Es war nachträglich nicht zu eruieren gewesen, warum sie an diesem Tag nicht einem Gang durch den Wald oder einem Einkauf im Konsum den Vorzug gegeben hatte. Ein Güterzug war trotz Vollbremsung nicht mehr rechtzeitig zum Stehen gekommen und hatte sie erfasst. Laut Aussage des Lokführers hatte sie nicht reagiert. Seine Mutter war nicht ausgewichen.

Jans Vater hatte als Zahnarzt in Potsdam gearbeitet. Seine Praxis hatte er erst jetzt vor zwei Jahren abgegeben. Sein Vater hatte damals scheinbar eher sachlich auf den Tod seiner Frau reagiert. Dass es aber auch ihn deutlich mitgenommen hatte, war Jan nicht entgangen. Jan und sein Vater hatten nie wieder wirklich über die verlorene Mutter und Ehefrau und das Geschehene gesprochen. Sie hatten aber gegenseitig gespürt, dass sie beide die gleiche Ratlosigkeit, die gleiche schmerzvolle Trauer über den Verlust verband.

Ein Jahr war damals seit dem tragischen Unglück vergangen, als es Jans Vater gewagt hatte, ihn mit einer neuen Liebe zu konfrontieren, die nur kurze Zeit später standesamtlich besiegelt wurde. Jans Stiefmutter hatte einst als Patientin die Zahnarztpraxis seines Vaters betreten. Zwischen Mundspülung und Füllungstherapie schienen die Funken übergesprungen zu sein. Bald nach der Eheschließung hatte festgestanden, dass die neue Familie, in der Jan gerade noch versuchte seinen Platz zu finden, Zuwachs erhalten würde.

Friederike und er hatten von Anfang an in völlig verschiedenen Welten gelebt. Überschneidungen hatte es zwischen ihnen kaum gegeben. Jan wusste nicht, ob ein geringerer Altersunterschied ein innigeres Verhältnis zu seiner Halbschwester bewirkt hätte. Nein, sie waren nicht nur vom Alter zu weit auseinander, als dass sie gut zueinander hätten finden können. Friederike und er verstanden sich in seinen Augen so, wie sich Halbschwester und Halbbruder eben verstehen würden. Ihr Verhältnis war nicht schlecht - Jan empfand nicht den Hauch einer Abneigung für Friederike. Jedoch spürte er in den Tiefen seines Herzens auch keine überdurchschnittlich ausgeprägte Zuneigung für sie. Der früh erlebte Verlust hatte Jan ohnehin zweifeln lassen, ob sein verletztes Herz je wieder eine tiefere Zuneigung für jemanden empfinden können würde.

Das Verhältnis zu seinem Vater, seiner Stiefmutter und Friederike war auch nach Jans Weggang aus Potsdam unkompliziert geblieben. Für seinen Zivildienst in einer Pflegeeinrichtung war er nach Berlin gegangen. Nicht weit weg. Trotzdem hatten sich seitdem die familiären Kontakte auf Geburtstage oder Weihnachten beschränkt. Regelmäßig - einmal im Monat - telefonierten sie miteinander. Viel hatte es anscheinend nie auszutauschen gegeben. Es ging ja immer alles seinen Gang, dachte Jan, und wenn man nicht darüber nachdachte und nichts in Frage stellte, hatte man vermeintlich auch nie ein Problem. Plötzlich hatte man das Abitur in der Tasche, kaum einmal geblinzelt stand schon das Physikum an. Einmal kurz ein- und wieder ausgeatmet und mir nichts, dir nichts war das Staatsexamen bestanden. Nun war er Arzt, er war wer. Bloß wer, fragte er sich. Wollte er das jetzt überhaupt sein?

Sein Umzug von Potsdam nach Berlin kurz vor Beginn des Zivildienstes war wenig aufwendig gewesen. Viel hatte Jan damals nicht in sein neues Zimmer in einer Dreier-WG in Berlin-Lichtenberg mitgenommen. Natürlich wieder Platte. Eine einzige Fahrt im gemieteten kleinen Mercedes Sprinter hatte für den Transport seiner Sachen gereicht.

Seine zwei Mitbewohner, Thomas und Sven, waren beide für BWL eingeschrieben gewesen. Trotz gemeinsamer WG hatte er nicht allzu viel mit ihnen zu tun gehabt. Das Zusammenleben war dennoch angenehm und konfliktarm gewesen. Sie hatten einfach neben einander her gelebt, ohne sich gegenseitig in irgendeiner Form groß zu nutzen oder zu schaden.

Während des Zivildienstes hatte sich Jan für einen Studienplatz in Berlin für Humanmedizin beworben. Seine Bewerbung hatte auf Anhieb Erfolg gehabt, so dass er nach dem Zivildienst ohne Zeitverlust an der Charité beginnen konnte. Alles war reibungslos gelaufen. Er hatte sein Wunschfach studieren können. Wie er zu diesem Wunsch gekommen war, war Jan nicht mehr bewusst. Als das Ende der Schulzeit näher gerückt war, hatte er sich gefragt, was nun? Medizin

schien ihm nicht uninteressant zu sein. Wieso gerade Medizin, wusste Jan nicht. Weiß hatte ihm schon immer ganz gut gestanden, hatte Jan gelegentlich über sich gehört, aber gut. Was Jan auch nicht gewusst hatte, wo ihn das Studium hinführen würde. Alles war seinen Gang gegangen.
In seine jetzige Wohnung war Jan einige Monate vor Abschluss seines Studiums gezogen. Er hatte sich in Ruhe auf das Staatsexamen vorbereiten wollen. Finanziell hatte ihn sein Vater während des Studiums mit einem geringen Teil unterstützt. Den restlichen Teil hatte er sich durch einen Studentenjob - er war Tutor in den Anatomiekursen für die nachfolgenden Studentengenerationen gewesen - hinzuverdient.

Auch an dem heutigen Abend boten sich Jan - immer noch mit seinem Notebook am Küchentisch sitzend - einige interessante Wohnungen im Netz an. Bei dem Blick auf den Mietpreis - einmal kurz geschluckt - fielen die meisten jedoch durchs Raster. Die anderen Wohnungen, die in Frage kamen, lasen sich in der Annonce trügerisch gut, so dass Jans Vernunft ihn an dem beschriebenen Zustand der Wohnung zweifeln ließ. Seine naheliegende Vermutung, dass ihn übermäßige Renovierungsarbeiten erwarten würden, war nicht mit seiner aktuellen Lebenssituation zu vereinbaren. Ihm fehlte dafür einfach die Zeit.

Es war kurz vor zwanzig Uhr, als Jan durch die stimmungsvolle Jingle-Bells-Melodie seines Telefons aus den ernüchternden Wohnungsrecherchen gerissen wurde. Er hatte den Moment nach dem letztem Weihnachtsfest verpasst, den Klingelton wieder umzustellen. Und Weihnachten rückte nun schon wieder näher, also beließ er es bei dieser Melodie.

Jan ging ins Wohnzimmer, überlegte kurz, ob er abnehmen sollte, sah den Namen seines Vaters auf dem Display des Telefons, überlegte etwas länger, dann nahm er ab.
„Ja, hallo?" fragte Jan mit müder Stimme. Er war müde, dauermüde, aber der betont müde Klang seiner Stimme konnte das Gespräch womöglich von vornherein kurz halten.
„Hallo Jan. Wie geht es dir? Ausgeschlafen?" fragte es froh und munter vom anderen Ende der Leitung.
„Hallo Papa. Geht so."
„Was heißt geht so? Es ist doch schon gleich zwanzig Uhr."
„Ich hab grad wieder Nachtdienste. Heute ist erst mal der letzte. Ich muss auch in einer halben Stunde los. Aber am Wochenende hab ich frei. Zum Glück."
„Na siehst du. Dann kannst du dich ja erholen."
„Bestimmt", sagte Jan zweifelnd. „Und was gibt's bei euch neues?"
„Susanne und ich fliegen morgen nach Pisa. Noch ein bisschen den Herbst in der Toskana genießen, weißt du", antwortete sein Vater.
Ja, Jan wusste. Er wusste, wie seine Stiefmutter und sein Vater seit der Abgabe der Zahnarztpraxis ihre Zeit regelmäßig mit kleinen Kurzurlauben verbracht hatten. Im Winter Tirol, gerne auch noch ein zweites oder drittes Mal. Im Frühjahr das erste Mal Toskana und natürlich die Drei-Tages-Städteausflüge nach Prag, Barcelona, Budapest oder Paris. Im Sommer dann ein paar mehr Tage an der bretonischen Küste sowie später im Sommer noch in den Bergen in Südtirol. Im Herbst stand dann für die beiden fast sicher auch noch einmal Ostsee und wie jetzt das zweite Mal Toskana an.

„Schön", sagte Jan, daran denkend, dass es seinem Vater gut zu gehen schien. Offenbar nicht nur finanziell. „Wie lange seid ihr weg?"
„Wir kommen am Montag wieder. Erst abends, so können wir noch den Tag in Pisa verbringen. Und bei dir? Hast du am Wochenende etwas vor? Außer dich etwas auszuruhen."
„Weiß ich noch nicht. Ausruhen klingt erst mal gut."
„Und wie geht es Anna so?" fragte sein Vater nach einer kurzen, kaum merkbaren Pause, die die Bedeutung der Frage für Jan heute sonderbarerweise zu beschweren schien. Seitdem Jan und Anna vor bald zwei Jahren zu Weihnachten für zwei Tage zusammen in Potsdam gewesen waren, hatte es sein Vater bei den Anrufen nicht ausgelassen, sich nach Anna zu erkundigen. Auch nach ihrer Trennung nicht.
„Ist schon wieder eine Weile her, dass wir uns gesehen haben. Da schien es ihr nicht schlecht zu gehen", entgegnete Jan, wohlwissend, dass es Anna bei ihrem letzten Treffen einige Wochen zuvor auch nicht wirklich gut gegangen war. „Vielleicht frage ich sie, ob wir uns dieses Wochenende mal wieder kurz sehen können. Falls sie auch frei hat."
„Ja, mach das doch ruhig."
„Ja."
„Na dann, ich will dich auch nicht weiter stören. Einen ruhigen Dienst wünsche ich dir nachher!"
„Danke, danke. Grüß Susanne und Rike."
„Mach ich, Jan. Also tschüss."
„Tschüss Papa!" sagte Jan und schob noch „Viel Spaß in Pisa!" nach.

Die Treffen mit Anna nach ihrer Trennung waren immer nett und kurzweilig gewesen, aber die Gespräche hatten sich meist mehr auf allgemeine

Themen in ihrer beider Leben beschränkt. Natürlich hatte es sich oft um ihre Jobs und die Belastung durch diese gedreht oder um Annas Fortschritte, sich ein schriftstellerisches Standbein aufzubauen, was ihr bisher immer noch nicht gelungen war. Über tiefergehende persönliche Dinge - wie die Frage nach einer neuen Beziehung - hatten sie selten gesprochen. Verständlicherweise, hatte Jan gedacht. Umso mehr hatte es ihn überrascht, dass Anna ihm bei ihrem letzten Treffen ziemlich offen über ihre Liaison mit einem der anderen Kellner aus ihrem Lokal erzählt hatte. Anna war Jan an diesem Abend sehr missmutig vorgekommen, so dass er sie unverhohlen gefragt hatte, was sie bedrücken würde. Denkbar überrascht von so viel Empathie seinerseits, hatte sie unverblümt über die kurze, intensive Affäre und deren Scheitern geredet. Jan hoffte, dass er ihr damals etwas Trost hatte spenden können. So mitfühlend er sich ihren Kummer angehört und ihre Seele versucht hatte zu streicheln, so schwer war es ihm auch in diesem kurzen Moment gefallen, sich mit dieser Anekdote aus Annas Leben konfrontiert zu sehen.

Jan hatte noch etwas Zeit, bis er zum Nachtdienst los musste. Er wusste, er hätte etwas länger schlafen können und sich dann möglicherweise nicht schon wieder oder immer noch so bettreif gefühlt. Dass er sich jedoch die kostbare Zeit zwischen den Diensten nicht nur an diesem Abend mit Wohnungssuche oder etwas anderem vertrieben hatte, hielt in ihm das Gefühl wach, neben schlafen, essen und arbeiten doch noch irgendwie zu leben.
Jan schnitt sich einen Südtiroler Apfel in kleine Stücke und gab diese zusammen mit etwas Müslikörnern in eine Schale Vollmilchjoghurt. Nachdem er sich diese

Komposition zu Gemüte geführt hatte, ging er ins Bad, um sich fertig zu machen. Kaum war er von der Toilette aufgestanden, lag schon wieder ein Druckgefühl auf seiner Blase, ohne dass er wirklich gemusst hätte. Die Unruhe und Nervosität stieg trotz aller Sicherheit und Routine, die Jan inzwischen in den meisten Fällen innewohnte, vor jedem Nachtdienst unumstößlich wie am ersten Tag in ihm auf. Nicht dass er darunter gelitten hätte, so wusste er - wie er hoffte - die Situation in der Rettungsstelle nicht zu unterschätzen. Seine immer wiederkehrende Angespanntheit überraschte ihn auch nicht angesichts der Tatsache, dass er nachts als einziger Arzt in der Rettungsstelle vor Ort war, völlig auf sich allein gestellt. Bei Rückfragen, die schon mal auftauchen konnten, musste er den fachärztlichen Hintergrund zuhause aus dessen warmem Bett klingeln. Anfangs war Jan die nächtliche Störung noch sehr unangenehm gewesen. Zumindest das hatte sich aber inzwischen manchmal gegeben.

Jan ging ins Schlafzimmer und tauschte die Jogginghose gegen die Jeans, die immer noch zusammengeknäuelt vor Annas Bild und den Scherben lag. Er schlüpfte in den Kapuzenpullover und seine Jacke und ging noch einmal auf die Toilette. Das Druckgefühl wollte dennoch nicht weichen. Er zog seine Sneakers an, griff sich noch eine Banane und einen Müsliriegel aus der Küche und verstaute beides in seiner Umhängetasche. Dann ging er los. Unten im Hauseingang blieb er an seinem Briefkasten stehen und warf einen kurzen Blick hinein. Bis auf einen Brief war nichts gekommen. Am Briefumschlag sah er, dass sein Fitnessstudio ihm geschrieben hatte. Wahrscheinlich war es wieder ein Gutschein für ein Gratistraining für einen Freund oder Bekannten im Rahmen einer vorweihnachtlichen Kundenwerbeaktion. Unberührt ließ er das Schreiben liegen und schloss den Briefkasten.

Draußen war die Luft feucht und kühl. Es wehte fast kein Wind. Er schloss sein Fahrrad auf und fuhr in die Nacht hinein.

6

Holga Mücke

Die Bühne des Lebens hatte Holga Mücke in West-Berlin betreten. Das Jahr 1970 hatte bei seiner Geburt erst wenige Tage gezählt und das Wetter war ebenso trist wie die seelische Verfassung seiner Mutter während der letzten Wochen vor der Niederkunft gewesen.
Viel Zuneigung hatte Holga von früher Kindheit an weder von seiner Mutter, die zu sehr mit sich und ihren Problemen beschäftigt gewesen war, noch von seinem Vater, der seine Dominanz in der Familie nicht selten schlagkräftig unterstrichen hatte, erfahren. Auch wenn die körperliche Gewalt vielmehr und öfter Holgas Mutter getroffen hatte, so war Holga auch seinem eigenen Empfinden nach in einem groben und gefühlskalten Klima aufgewachsen.

Holgas Vorname, der ihm nicht nur in seiner Kindheit einige Sorgen und Schwierigkeiten beschert hatte, sondern auch heute noch gelegentlich zu Missverständnissen führte, war seinem Vater Joachim zu verdanken gewesen. Joachim Mücke hatte das kleine Verlagshaus seines Vaters übernommen. Dass Joachim Analphabet war, hatte dabei nicht unbedingt förderlich gewirkt. Es hatte dem Unternehmen jedoch erst einmal auch nicht geschadet, da er, zwar an der Spitze stehend, allem Anschein nach der Einzige im Verlag mit dieser kleinen Schwäche gewesen war.
Diese Schwäche hatte gleichfalls in Holgas Vornamen Verewigung gefunden. Joachim hatte nach der Geburt bei der Namensgebung trotz mehrfachen und auf-

klärenden Nachfragens durch den Standesbeamten auf Holga mit -a statt -er am Ende bestanden.
Holgas Mutter Waltraud war bei dem ganzen Prozess der Namensgebung - wie bei den meisten anderen auch - ohnehin kein Mitspracherecht eingeräumt worden. Wenn er seine Eltern und das Zusammenleben so betrachtet hatte, war er verwundert gewesen, es überhaupt auf die Welt geschafft zu haben. Liebe hatte anscheinend bei seiner Zeugung keine wesentliche Rolle gespielt.

Holga war Einzelkind geblieben. Nach anfänglichen Schwierigkeiten mit Wiederholung der dritten Klasse hatte Holga die Schule mit dem Abitur vollendet. Sein Notendurchschnitt war während der gesamten Schullaufbahn konstant schlecht, aber ausreichend gewesen. Wirkliche Talente oder Stärken hatte er nie an sich entdeckt.
So hatte er nach der Schulzeit planlos vor seiner Zukunft gestanden. Er hatte gehört, dass der Bund jeden nehmen würde. Holga war ausgemustert worden.
Da es zuhause nichts gegeben hatte, was ihn hätte halten können, war er mit Rucksack, Schlafsack und Zelt losgezogen. Die Turbulenzen der Wendezeit um ihn herum hatten ihn nicht sonderlich interessiert. Aber so wie sich für viele in dieser Zeit das Tor in den Westen unversehens geöffnet hatte, war für Holga der Weg in die andere Richtung frei geworden. So war er ohne wirklichen Plan in den Osten gekommen.

Über Ost-Berlin hatte es ihn über einige brandenburgische und mecklenburgische Kleinstädte, deren Namen er vorher nicht gekannt hatte und nachher auch nicht behalten hatte, weiter bis nach Wismar an die Ostseeküste getrieben. Besondere Fähigkeiten, die ihn

länger über Wasser hätten halten können, hatte er geglaubt, nicht zu haben.
Es sollte sich aber herausstellen, dass Holga ein gewisses handwerkliches Geschick an den Tag legte, das sich ihm damals auf seinem Weg und in der Zeit des Aufbruchs als besonders nützlich erwiesen hatte. So hatte er vielerorts auf kleineren Baustellen als Gelegenheitsarbeiter ausgeholfen oder sich später auch in einer Tischlerei in Wismar länger als Aushilfe verdingt. Sein Geschick hatte durch die verschiedenen Erfahrungen und durch die zahllosen erlernten handwerklichen Techniken einen gewissen Feinschliff erhalten. Zu einer Ausbildung oder einem Abschluss hatte es Holga aber nicht geführt.

Auf Dauer gehalten hatte es ihn nirgendwo. Auch ein Wiedersehen mit seinen Eltern hatte es nie mehr gegeben. Er hatte sich völlig von ihnen losgelöst.
Obwohl Holga nicht unbedingt eine verschlossene Seele gewesen war und durchaus auf Menschen hatte zugehen können, war er nicht fähig gewesen, überhaupt zu einer Person oder einem Ort eine tiefere Bindung aufzubauen.

Wenn es auch keine tiefere Bindung gewesen war, so doch zumindest ein nicht zu verachtender Einfluss, den während seiner Zeit in Wismar ein anderer Handwerker, Kai Thomsen, auf Holga ausgeübt hatte. Holga und Thomsen hatten eine Zeit lang auf einer Baustelle viel zusammen zu tun gehabt. Die Arbeit an sich - Sanierungsarbeiten an einem alten, zentral-gelegenen Stadthaus - war weniger interessant gewesen. Sein Kollege an sich auch.
Thomsen war aber unermüdlich darin gewesen, Holga in weitschweifigen Erzählungen an den mehrfachen

Reiseerfahrungen aus Thailand teilhaben zu lassen. Manches davon hatte Holga lieber überhört, aber etliches war doch haften geblieben. Es hatte zwar einige Zeit und viele Worte und Anekdoten von Thomsen gebraucht, aber dann war auch Holgas Fernweh geweckt worden.
So war er schließlich von Wismar über den Frankfurter Flughafen nach Bangkok gekommen. In Thailand hatte es ihn zunächst durch das Land mit Bus und Bahn bis an das Goldene Dreieck im Norden und die malaysische Grenzregion im Süden geführt.
Gestrandet und für ihn vergleichsweise länger geblieben war Holga aber auf Koh Samui. Hier hatte er sein handwerkliches Können immerhin einige Male erfolgreich anbieten können. Der insulare Touristenstrom hatte über die Monate immer mehr zugenommen, so war schon für die nächste Saison gebaut worden, viel gebaut worden. Der Verdienst hatte gereicht, um eine Zeit lang auskommen zu können.

Letzten Endes hatte Holga aber auch seine Zelte in Thailand abbrechen müssen und den willkürlichen Entschluss gefasst, zurück nach Berlin zu gehen, um dort seine vor Jahren erworbene Hochschulreife zu einem Studium zu nutzen. Ohne zu wissen, was er hätte studieren sollen, war er zurückgekehrt.
Er hatte sich letztlich für Südostasienwissenschaften entschieden, denn wenigstens war er dort schon einmal, auch wenn er nur Thailand gesehen hatte, gewesen. Es war Holga ziemlich gleichgültig gewesen, ob es in seinem begrenzten Erfahrungsschatz, das ganze Südostasien betreffend, seiner dann doch fehlenden Motivation, zu studieren oder dem regelmäßigen Seminarausfall begründet gewesen war, dass er sein

Studium schon im Laufe des ersten Semesters wieder abgebrochen hatte.

Holga war nach seinem kurzen pseudointellektuellen Ausflug wieder an dem Punkt angelangt, sich als Gelegenheitshandwerker durchs Leben schlagen zu müssen. Die Gelegenheiten waren mit der Zeit jedoch immer seltener geworden. Die wenigen Tätigkeiten, die sich ihm noch geboten hatten, hatte er meist schwarz gemacht. Eine längerfristige feste Anstellung hatte er nicht gefunden.
Bis zu dem Punkt des Studiums war sein Leben ohne große Ausreißer irgendwie geradeaus verlaufen. Von Holga unbemerkt hatte seitdem jedoch alles einen eher abschüssigen Verlauf genommen. Immer öfter hatte Holga nur noch träge und ohne Inhalt in den Tag hinein gelebt. Gründe aus seiner Wohnung zu gehen, waren für ihn immer seltener geworden. Er hatte auch aufgehört, nach Gründen zu suchen. Unkontrolliert hatte er seine Sinne und seine Wahrnehmung zunehmend mehr und mehr durch Alkohol benebelt und so seine fortschreitende Verwahrlosung ausgeblendet.

Gerade in dieser Lebensphase hatte er einige für ihn besondere Leute kennengelernt. In ihrer gemeinsamen Trostlosigkeit hatte er eine Form der Bindung zu ihnen entwickeln können. Leute wie Dieter, mit denen er sich regelmäßig getroffen hatte, mit denen er etwas geteilt hatte. Verlorene Leute wie er selbst.

Wie verloren Holga gewesen war, hatte ihm erst gedämmert, als er, für ihn selbst völlig unverhofft, sein Leben nach dem Verlust seines Zuhauses neu zu sortieren hatte. Dass er bei Dieter zunächst untergekommen war, hatte sein Gefühl, obdachlos zu sein, für den allerersten Moment noch unterdrückt. Die bittere Erkenntnis war aber unausweichlich gewesen. Wie viel mehr man in seinem Leben noch verlieren konnte, obwohl man schon nichts mehr zu besitzen geglaubt hatte, war Holga jetzt erst dabei, zu begreifen.

7

Die Übergabe

Jan betrat das Arztzimmer auf seiner ehemaligen Station, um sich umzuziehen. Er hatte auch nach seinem Wechsel in die Rettungsstelle des Krankenhauses einen Bügel und ein kleines Fach in dem Kleiderschrank des geteilten Stationsarztzimmers für seine Klinikwäsche behalten. Eine Umkleide für das Assistenzarztpersonal war in der Rettungsstelle beim Umbau räumlich nicht eingeplant gewesen. Besser noch zwei oder drei Patientenkabinen mehr, dachte sich Jan mit fehlendem Verständnis. Fallzahlen steigern lautete die von oben ausgegebene Devise.
Der Chefarzt der Rettungsstelle, Dr. Rothenbach, hatte natürlich ebenso wie der Oberarzt, Dr. Schneider, sein eigenes Arbeitszimmer. Die Einrichtung und die Atmosphäre des Chefarztzimmers hatten Jan noch an einen büroähnlichen Arbeitsplatz erinnert, als er sich dort zu einer der seltenen Teambesprechungen eingefunden hatte. Das Zimmer des Oberarztes, in das er nur einmal kurz im Vorbeigehen bei geöffneter Tür hatte hineinschauen können, hatte den Eindruck einer kleinen, gemütlichen Lounge erweckt. Einer Einmann-Chill-out-Zone mit Couch und Fernseher. Ein Schreibtisch und ein Bürostuhl hatten immerhin noch unauffällig in einer Ecke ihren Platz gefunden.
Der enge Umkleideraum für die Schwestern und Pfleger der Rettungsstelle befand sich im Neonröhrenlicht durchfluteten Kellertrakt des Krankenhauses. Für die Ärzte war sogar dort kein Platz mehr.

Jan schaute beim Umziehen auf den an die Innenseite der Kleiderschranktür geklebten Ausdruck des Dienstplans für diesen Monat. Der Ausblick auf ein freies Wochenende und den Start mit einem Frühdienstblock in die nächste Woche riefen in ihm ein gutes Gefühl wach, das er in letzter Zeit nicht mehr oft, insbesondere nicht hier im Krankenhaus, verspürt hatte. Auch wenn sich die wenigen Frühdienste, die Jan hatte miterleben dürfen, zumeist hinsichtlich der Zahl der anwesenden Ärzte in der Rettungsstelle kaum von den Nachtdiensten unterschieden hatten. Trotz eigentlich besserer personeller Aufstellung am Tage - Chefarzt und Oberarzt waren ja im Grunde anwesend - kämpfte man häufig auch dann alleine an der Front. Chefarzt und Oberarzt hatten ihre Zimmer, so hatte es auf Jan oft gewirkt, nicht selten als ihr stilles Rückzugsgebiet betrachtet. Im Fall des Oberarztes traf es Naherholungsgebiet nicht minder gut. Der Oberarzt war offenbar schon zu lange dabei und zu lange im Haus, als dass man an dieser Situation etwas hätte ändern können. Oder dürfen.
Nach Jans Empfinden wurde der persönliche Patientenkontakt von seinen beiden vorgesetzten Ärzten selten gesucht. Wenn sie ein Weg in die Rettungsstelle führte, dann eher um sich ein Stück Kuchen, ein Frühstücksbrötchen oder einen Kaffee aus dem Aufenthaltsraum der Schwestern zu holen, um nach der Patientenzahl des aktuellen Tages zu fragen oder um dem Assistenzarzt einen Rüffel zu verteilen für eine fehlerhafte Codierung einer Diagnose. In Jans Augen hatte man zwar auch die Gelegenheit einen kniffligen Patienten vorzustellen oder dringlich abklärungsbedürftige fachliche Fragen anzubringen, oft genug aber erst nach telefonischer Voranmeldung und mit entsprechender Wartezeit bis zum Eintreffen von

Dr. Rothenbach oder Dr. Schneider in der Rettungsstelle. Ihre Zimmer lagen jeweils nicht weit genug entfernt, als dass die bloße Entfernung die Dauer des Wartens immer ausreichend erklärt hätte. Zur Mittagszeit war es etwas anderes - die Kantine lag in einem anderen Gebäude auf dem Krankenhausgelände. Chefarzt oder Oberarzt mussten ihr Mittagsmenü aufessen, dazu die größere Entfernung von der Kantine bis zur Rettungsstelle - das potenzierte natürlich die Wartezeit grundsätzlich, resümierte Jan.
Er warf noch einmal einen letzten Blick auf den Dienstplan und freute sich auf die bevorstehenden freien Tage und trotz allem auf die Frühdienste. Er schloss die Tür des Kleiderschranks und setzte sich im Stationsarztzimmer an den Rechner. Er hatte noch zehn Minuten Zeit bis zum Beginn des Nachtdienstes.

Jan loggte sich ein und öffnete sein Krankenhaus-Emailkonto. Zwei neue Nachrichten. Die erste Nachricht war nur ein Erinnerungsrundschreiben aus dem Sekretariat, was den kommenden Termin der wöchentlichen klinikinternen Fortbildung anbelangte. Die zweite Nachricht, gesendet heute um die Mittagszeit, mit dem Oberarzt der Rettungsstelle, Dr. Schneider, als Absender und der Zeile *Dienstplanänderung* als Betreff, ließ Jan ahnungsvoll aufhorchen. Er las den knappgehaltenen Text der Nachricht.

Hallo Jan,
Cornelia fällt aus. Ihre Tochter hat Bronchitis. Ihr Mann auch. Sie muss sich um beide kümmern und fehlt morgen im Frühdienst und auch noch bis Mitte nächster Woche. Das heißt, sie wird ab Sonntag die

drei Nachtdienste nicht machen können. Da es personaltechnisch nicht anders zu bewerkstelligen ist, wirst du ihre drei Nachtdienste (Sonntag, Montag und Dienstag) erst einmal übernehmen. Vielleicht lässt sich später ein Ausgleich finden und Cornelia nimmt dir nächsten Monat ein paar Nachtdienste ab. Das musst du dann mit ihr klären.
Gruß,
Dr. med. Matthias Schneider
Oberarzt der Rettungsstelle

PS: Ich werde morgen den Frühdienst übernehmen müssen. Halte bitte die Stellung bis ich da bin. Es kann eine halbe Stunde später werden. Gruß

Cornelia Steffens war nur wenige Jahre älter als Jan. Mitte dreißig schätzte er sie. Er empfand sie als eine angenehme Kollegin, die bei den Übergaben aber gerne plauderte, vor allem über ihre siebenjährige Tochter und ihren sich selbst noch im Soziologiestudium suchenden Mann und den daraus entstandenen innerfamiliären Schwierigkeiten. Sie neigte gelegentlich dazu den Moment zu verpassen, vom Plaudermodus wieder in den Arbeitsmodus umzuschalten. Meistens war sie es gewesen, die nach den Übergaben nach Hause gehen konnte. Das konnte ihr fehlendes Interesse in diesen Momenten für den häufig noch abzuarbeitenden Berg an Patienten erklären.

Das flaue Gefühl in Jans Magengegend flammte wieder auf. Fassungslos saß er vor dem Bildschirm und kämpfte mit seiner Enttäuschung. Er war frustriert, weil er schon wieder Cornelias Nachtdienste übernehmen

musste. Bereits letzten Monat hatte er für sie einspringen müssen - Kind hatte Durchfall gehabt. Und auch ein paar Wochen zuvor hatte er ihren Wochenendtagdienst in der Rettungsstelle übernehmen müssen - Kind oder sie oder beide hatten Fieber gehabt und sich schlapp gefühlt.
Wann habe ich mich nicht schlapp gefühlt, fragte sich Jan. Es war zu lange her, als dass er sich wirklich an einen anderen Zustand hätte erinnern können. Von seiner Zehenspitze bis zur Kopfhaut gab es keine Körperzelle, die nicht auf dem letzten Loch zu pfeifen schien. Die häufigen Nachtdienste hatten an seinen physischen und psychischen Kräften gezehrt.

Warum er die Nachtdienste übernehmen musste und nicht einer der anderen beiden Assistentenkollegen in der Rettungsstelle, war Jan sofort klar. Dirk, der eine Kollege, ging ab morgen für zwei Tage in den Nachtdienst und danach in den Urlaub. Der andere, Markus, stand an diesem Wochenende für den Tagdienst in der Rettungsstelle im Plan. Spätdienste gab es am Wochenende nicht. Dafür dauerte der Tagdienst etwas länger und der Nachtdienst begann etwas früher. Wie auch heute und morgen war Markus mit Wochenbeginn erneut für den Spätdienst eingeteilt. Dr. Schneider würde sicher nicht nur morgen den Frühdienst von Cornelia übernehmen, auch Jans Frühdienste ab Montag. Klar, bei *personaltechnischen* Problemen sprang der Oberarzt doch lieber am Tage ein und übernahm den Dienst samt Anwesenheit in der Rettungsstelle, zumindest bis der Spätdienst am frühen Nachmittag kam.
Er versuchte sich mit dem Gedanken zu trösten, dass ihm wenigstens der komplette Samstag und der Sonntag bis auf den Abend und die Nacht als freie Tage

geblieben waren. Da er sich am Sonntag aber schon vorschlafen für den anstehenden Nachtdienst und morgen und am Samstag noch ausschlafen und erholen sah von den letzten Nachtdiensten, erstickte sein Selbstmitleid jeglichen Hoffnungsschimmer auf ein gemütliches Wochenende, das ihn beinahe zum Pläne schmieden veranlasst hatte. Jan sann über das Telefonat mit seinem Vater nach. Seine schwammige Überlegung, vielleicht Anna zu treffen, hatte durch die Dienstplanänderung einen wirkungsvollen Dämpfer erhalten.

Zwischen Anna und ihm hatte bei ihrem letzten Treffen etwas, gewiss auch bedingt durch ihre Stimmungslage, in der Luft gelegen. Trotz der ganzen Verblendung, die sein Berufsleben mit sich gebracht hatte, hatte Jan dieses Mal ihren Kummer wahrgenommen und war bemüht gewesen, darauf einzugehen. Gebannt hatte Jan an Annas zarten Lippen gehangen, als sie von ihrer unglücklichen Affäre erzählt hatte. Ihre warmen braunen Augen, in die sich ein kaum sichtbarer feuchter Schimmer gelegt hatte, hatten ihn gefesselt. Er hatte dabei für einen Augenblick ein Gefühl in sich aufsteigen gespürt, das er weder damals noch heute genau zu definieren wusste. War es Eifersucht gewesen? Nein, vielleicht doch, nein, ja, Jan wusste es nicht. Oder war es wieder mehr als nur eine rein freundschaftliche Zuneigung für sie gewesen? Oder beides? Er hatte sich in diesem kurzen Moment gut, sogar glücklich in ihrem Unglück gefühlt. Sein Herz hatte gepocht, aufgeregt vor Freude. So wie damals bei ihrer allerersten Begegnung, als er Annas Telefonnummer bekommen hatte.
Bin ich jetzt nur zu feige, sie nach unserem letzten Treffen wiederzusehen und suche deshalb nach

Ausflüchten, Anna nicht treffen zu können, fragte sich Jan und blieb ohne Antwort.

Er fühlte, wie sich das unwohle Gefühl in seiner Magengegend allmählich immer wirrer verknotete. Mit den Unmengen an Kaffee, die er brauchte, um die Nacht durchzustehen, würde er seinem Magen gleich auch keine Freude machen, wusste Jan. Schon der Gedanke an den schlechten Kaffee in der Rettungsstelle ließ ihn leicht sauer aufstoßen. Er stand auf und öffnete noch einmal die Schranktür, um sich aus seinem Fach ein Blister mit Säureblockern zu nehmen. Er drückte sich eine Tablette heraus in den Mund, ging hinüber zum Waschbecken und hielt seinen Kopf unter den Wasserhahn. Schmeckt nicht, aber erfüllt seinen Zweck, dachte Jan, nachdem er mit einem großen Schluck die kleine Pille herunter gespült hatte. Er schloss die Schranktür, schaltete das Licht im Arztzimmer aus und trottete über die Station und den Krankenhausflur hinüber zur Rettungsstelle.

Die Luft, die Jan beim Betreten der Rettungsstelle entgegenschlug, lud nicht zum Verweilen ein. Es roch, als hätte der Tag bisher eine hohe Fallzahl gehabt. Und als hätte es keine Chance gegeben zu lüften. Bestimmt waren alle Patientenplätze belegt gewesen, alle Behandlungsräume voll. Kaum war ein Raum frei geworden, weil ein Patient auf Station oder nach Hause gegangen war oder seltener in den Keller gebracht wurde, war schon der nächste drin.
Als Jan an der Anmeldung vorbei lief, sah er, dass das Schwesternteam heute gewechselt hatte. Ein gutes Zeichen, beide Schwestern hier vorne sitzen zu sehen, dachte Jan. Sonst war meistens eine in irgendeinem der Räume mit Patienten beschäftigt gewesen. Oder sogar

beide, wie in den letzten Nachtdiensten. Die Anmeldung war dann verwaist gewesen und die Schwestern, für diesen Bereich verantwortlich, hatten nahe am Kollaps gestanden.
„Hallo Manja, hallo Sabine“ rief Jan den beiden Schwestern mit einem Lächeln im Vorbeigehen zu.
„Hallo“ kam es fröhlich im Duett zurück.
Jan arbeitete gerne mit diesen beiden Schwestern zusammen. Manja war etwa so alt wie er selbst, Sabine dem Aussehen nach Anfang fünfzig, schätzte Jan. Beide strahlten meistens eine positive Grundstimmung aus, auch während der Nachtdienste. Wie insbesondere Sabine sich diese Stimmung trotz der vielen Jahre in der Rettungsstelle hatte erhalten können, wunderte Jan, aber er wusste es zu schätzen.
In den bisherigen Diensten hatte Jan den Eindruck gewonnen, dass Manja und Sabine schnell, gründlich und kompetent arbeiteten. Auch konnte er sich bei beiden nicht erinnern, dass sie seine ärztlichen Anordnungen regelmäßig in Frage stellen mussten. Da gab es ganz andere Kaliber unter dem Pflegepersonal, mit denen er oft sinnlose Wortgefechte ausgetragen hatte, bis hin zum endlosen Rechtfertigen für einfachste, banale Anordnungen. Jan war froh, in dieser Nacht, die mit der Email so undankbar begonnen hatte, Manja und Sabine an seiner Seite zu haben.
„Grüß dich, Markus“, sagte Jan, als er den kleinen halboffenen Arztarbeitsraum betrat und sich auf einen schwarzen Rollhocker neben seinen Kollegen setzte. Die Luft stand auch hier im Raum, obwohl das Jalousien verhangene Fenster leicht angekippt war.
„Na Jan, fit?“ fragte Markus.
„Nee“, sagte Jan gähnend. „Und wie sieht’s aus?“
„Gut, besser als gestern.“

Jan dachte ungern an gestern zurück, als Markus ihm sieben Patienten, davon vier noch nicht einmal ärztlich gesehen, übergeben hatte. Dementsprechend war er nach zwei Stunden Arbeit schon völlig zermürbt gewesen, obwohl das meiste noch vor ihm gelegen hatte.
„Ja? Dann zeig mal her, was du noch hast", sagte Jan erwartungsvoll.
Markus nahm ein Klemmbrett vom Schreibtisch hoch und drückte es Jan in die Hand. Der Papierbogen war bis auf die Patientendaten und einer eingekreisten Zwei noch unbeschrieben, es klebte nur ein Notizzettel mit dem Vermerk „Rückenschmerz" darauf.
„Das ist die einzige Patientin, die ich dir übergeben muss. Ich kann dir leider nichts sagen zu ihr, weil ich sie noch nicht gesehen habe. Es war so viel tun die ganze Zeit."
„Okay."
„Ich hatte heute einen Siebzigjährigen, der kam hier zu Fuß rein gelaufen wegen akuter Bauchschmerzen, wurde dann beim Anamnesegespräch plötzlich schockig und kippte um."
„Hm."
„Der lag zum Glück früher schon mal bei uns im Haus. Bei den Urologen wegen seiner Prostata oder so, deswegen hatte ich mir vorher schon seine alte Epikrise gezogen und da steht bei den Diagnosen doch tatsächlich… na, was denkst du?"
„Komm, sag schon", erwiderte Jan, dessen Hirnfunktionen sich gerade erst für nächtliche Höchstleistungen warmzulaufen schienen und für Ratespiele noch nicht bereit waren.
„Bauchaortenaneurysma."
„Hm."

„Ich rufe also Oberarzt, ITS, Anästhesie, Gefäßchirurgen, alle an. Ich hatte ja einen Verdacht. Wir versuchen ihn zu stabilisieren, klappt nicht so richtig. Da entscheiden die Gefäßchirurgen, dass sie ihn notfallmäßig mitnehmen in den OP. Ohne CT oder Ultraschall. Und pass auf, jetzt kommt es - es ist ein rupturiertes Bauchaortenaneurysma."
„Nicht schlecht. Und hat er es geschafft?"
„Nein, leider nicht. Sie haben wohl noch ewig operiert, aber es hat nichts gebracht."
„Schade. Ist halt leider manchmal so."
Jan war etwas irritiert, dass Markus ihm heute nur einen Fall zu übergeben hatte.
„Und außer der einen Patientin hier ist alles abgearbeitet?", fragte er deshalb noch einmal nach, um sicher zu gehen.
„Eigentlich ja. Der andere Patient, der noch da ist, den mache ich noch fertig. Bei dem läuft noch eine Infusion durch, dann kann er zurück ins Heim."
„Gut."
„Der kam furztrocken hier an, geht ihm aber schon wieder besser. Die Papiere drucke ich noch aus und gebe sie den Schwestern."
„Prima Markus", meinte Jan in einem lobenden Tonfall zu seinem Kollegen. „Dann lege ich mal gleich los und schaue mir den Rückenschmerz an", sagte er und erhob sich schwerfällig von dem Hocker.
„Jep, mach mal. Ich hoffe, du hast eine ruhige Nacht."
„Danke! Und dir gleich einen schönen Feierabend!" entgegnete Jan, seinem Kollegen zum Abschied noch einmal auf die Schulter klopfend.
Mit dem Klemmbrett unter dem Arm steuerte Jan in Richtung Behandlungsraum Nummer Zwei, lief aber noch einmal daran vorbei, um sich bei den Schwestern

im Aufenthaltsraum hinter der Anmeldung einen Kaffee zu holen.
„Na, nicht so viel los heute“, sagte er wieder aufrichtig lächelnd zu Manja, die jetzt alleine an der Anmeldung saß.
„Ja, mal sehen, ob es so bleibt.“
„Ich hätte nichts dagegen.“
„Ein bisschen was könnte aber schon los sein.“
„Aber nur ein bisschen.“
„Wir wollen ja nicht einschlafen vor Langeweile.“
„Nee“, antwortete Jan, dachte aber, doch eigentlich schon.
Er ging weiter zur Kaffeemaschine und goss sich einen weißen Plastikbecher zu dreiviertel voll, pustete kurz drüber und nahm einen Schluck. Geht ja noch, staunte Jan. Der Kaffee schien von Manja oder Sabine frisch zum Nachtdienst gebrüht worden zu sein. Er stellte den viel zu heißen Becher auf dem Tisch ab und pustete kurz über seine beinahe verbrannten Finger. Dann schaute er auf den Papierbogen und las sich die Patientendaten durch: „Sandra Volzke, geboren 1987.“

8

Anna und Jan (II)

Jan, durch den Sucher der Spiegelreflexkamera Anna fokussierend: Nein, lass die Strähne doch so.
Anna nimmt die Hand herunter und lässt den Wind sein Spiel mit ihren Haaren spielen.
Jan: Ja, perfekt.
Sie lächelt, als Jan den Auslöser drückt.
Jan: Wären es nicht deine Augen, könnte ich mich auch in deinen Mund verlieben.
Anna: Ach ja?
Jan: Ja. Und wie der küssen kann. Und was der alles sagen kann. Die ganzen ungeheuren Dinge.
Anna: So so.
Jan: Und überhaupt… dein Gesicht, deine Haare, dein Körper… Da ist nichts, in das ich mich nicht verlieben könnte.
Jan, aus vollem Leib der leichten Brise auf der Seebrücke entgegen schreiend: A-N-N-A, ICH LIEBE DICH!

Sie fallen sich in die Arme und küssen sich. Beide lachen, wirken glücklich.

9

Der Rückenschmerz

„Guten Abend, Frau Volzke. Fromholz mein Name. Ich bin jetzt der diensthabende Arzt in der Rettungsstelle. Was hat Sie denn hierher geführt?“ fragte Jan die junge, etwas massige Frau, die angestrengt vor ihm auf der fahrbaren, schmalen Patientenliege im Behandlungsraum zwei lag.
„Sie sind der Arzt?“
„Wie gesagt, ja.“
„Also, wissen Sie, das wird aber auch endlich mal Zeit, dass sich jemand hierher bemüht. Kann ja gut sein, dass es wichtigere Patienten gibt. Aber mich hier stundenlang mit unerträglichen Schmerzen liegen zu lassen.“ Jan merkte, wie sie nach Luft schnappte, um sich dann weiter zu ereifern. „Unmöglich. Langsam bin ich soweit, in ein anderes Krankenhaus zu fahren.“
Mach doch, schoss es Jan durch den Kopf. Als er auf seinem Klemmbrett die Aufnahmezeit bei den Patientendaten sah, versuchte er einen beschwichtigenden Ton anzuschlagen.
„Tut mir ehrlich leid, Frau Volzke. Ich sehe hier auf meinem Zettel, dass Sie schon seit drei Stunden warten.“
„Was drei? Wenn das nicht schon fünf sind. Seit dem späten Nachmittag bin ich hier und einfach auf dieser Pritsche abgelegt worden.“
„Jedenfalls bin ich aber gerade erst ins Krankenhaus gekommen und fange jetzt mit meinem Nachtdienst an. Ich kann also nicht ändern, was vorher war und dass Sie leider warten mussten. Also, was haben Sie denn für Beschwerden?“

„Das habe ich doch schon vor Stunden der Schwester an der Anmeldung gesagt."
Jan dachte sich ein langes Stöhnen. Trotz dieses enervierenden Gesprächsbeginns fuhr er gelassen fort.
„Mag sein, Frau Volzke. Sie müssen es mir aber auch noch einmal erzählen. Was tut Ihnen denn weh?" fragte Jan, die Taktik wechselnd. „Zeigen Sie doch mal."
„Hier unten am Rücken, da tut es so höllisch weh", sagte die Patientin offenbar anspringend und drehte sich dabei auf die rechte Seite, um mit ihrer Hand den unteren Rückenbereich abzufahren.
„So im Lenden- und Kreuzbereich?"
„Ja."
„Mehr links als rechts? Weil Sie das gerade so gezeigt haben?"
„Ja mehr links. Und in der Mitte."
„Und seit wann haben Sie das?"
„Seit heute Vormittag. Ich wollte zur Arbeit los und dann kam plötzlich dieser Schmerz."
„Hatten Sie irgendeine Bewegung gemacht, die das ausgelöst hat?"
„Ich wollte mir die Schuhe zubinden. Ich habe mich nach unten gebückt und das war es dann."
„Und wie ist es jetzt mit bewegen oder hinsetzen? Versuchen Sie doch mal bitte sich hinzusetzen."
„Au", ächzte die Patientin. „Geht schlecht."
Geht doch ganz gut, dachte Jan, als sie nun vor ihm saß.
„Strahlen die Schmerzen irgendwie aus? Ins Gesäß? In die Beine?" fragte er weiter.
„Nein, das nicht."
„Und Taubheitsgefühle oder dass sich irgendetwas komisch anfühlt, zum Beispiel in den Beinen, etwas kribbelt, das haben Sie auch nicht, oder?"

„Nein, taub ist nichts. Es tut nur hier unten am Rücken so weh.“
„Hatten Sie denn so was früher schon einmal gehabt?“
„Nein. Nicht dass ich wüsste. Und ich glaube, bei dem Schmerz hätte ich das auch nicht vergessen.“
„Verstehe.“

Jan setzte das Anamnesegespräch fort und ging dann zu einer kurzen körperlichen Untersuchung der Patientin über. Da sie ihres Wissens keine Vorerkrankungen hatte und auf ihn nicht wirklich stark beeinträchtigt wirkte, beschränkte er sich bei der Untersuchung auf das Nötigste.

„Frau Volzke, es sieht bei Ihnen nach einer Verkrampfung der unteren Rückenmuskulatur aus. Vielleicht haben Sie ja auch schon mal den Begriff Hexenschuss gehört?“
„Ja, ich glaube schon. In einem dieser Apothekenblätter habe ich mal was drüber gelesen.“
„Na sehen Sie. Das ist erst einmal nichts Schlimmes, tut halt nur ein paar Tage weh. Für so etwas Besorgnis Erregendes wie ein Bandscheibenproblem spricht aktuell immerhin nichts.“
„Okay.“
„Das, was wir jetzt hier für Sie tun können ist, Ihnen ein wenig die Schmerzen zu nehmen.“
„Da habe ich nichts dagegen.“
„Glaube ich Ihnen. Gibt es denn irgendwelche Medikamente, die Sie nicht vertragen?“
„Ich hatte mal so einen Ausschlag von etwas bekommen. Da war ich aber noch jünger. So mit fünfzehn oder sechzehn. Fragen Sie mich aber nicht, was es für ein Medikament war.“

„Warum hatten Sie es denn einnehmen müssen? Hatten Sie einen Infekt gehabt?“
„Kann sein.“
„War es vielleicht ein Penicillin?“ fragte Jan, mit dem Gefühl, sich der Antwort - zumindest einer ihn zufriedenstellenden Antwort - zu nähern.
„Ja, ja. Ich glaube ja.“
„Bei Schmerzmitteln ist Ihnen aber nichts bekannt, was Sie nicht vertragen?“
„Nein. Außer Aspirin kenne ich aber auch nichts anderes. Und die haben heute null geholfen.“
„Die Schwester kann Ihnen gleich eine kleine Infusion anhängen. Haben Sie denn schon einen Zugang?“
„Nein, habe ich nicht. Muss ich dafür gepikst werden?“
„Ja, schon.“
Jan sah, wie sich die Gesichtsfarbe der Patientin dem blassweissen Farbton der Wand hinter ihr anzunähern schien.
„Sie können auch ein paar Schmerztropfen von mir zum Einnehmen haben. Die Infusion wird wahrscheinlich nur schneller wirken. Und Sie wollen doch so schnell wie möglich nicht mehr derart schmerzgeplagt sein. Und dann ab nach Hause und in Ihr warmes, bequemes Bett schlüpfen“, sagte er, die späte Stunde berücksichtigend. Der Gedanke an ein Bett, an das eigene Bett, erweckte eine Spur von Neid in ihm.

Die Wahl der Patientin fiel auf die Infusion mit dem Schmerzmittel. Jan verließ den Behandlungsraum zwei und machte sich auf die Suche nach den Schwestern. Er glaubte ihre Stimmen aus Richtung der Anmeldung zu vernehmen. Seine Beine folgten seinem Gehör und seine Vermutung wurde kaum überraschend bestätigt. Sabine war wieder zurück bei Manja an der

Anmeldung. Sie saßen beide am großen Anmeldetresen, vor sich einen dünnen Modekatalog ausgebreitet. Jan stellte sich leise dazu. Er erkannte, dass sie offensichtlich beim Durchblättern von Ausverkaufsangeboten des Sommers waren. Bei der Damenstrandmode mit den Bikinis hielten die Schwestern inne.
„Guck dir mal die hier an. Wie spillerig die aussieht", sagte Sabine zu Manja. Jan sah ihr zu, wie sie mit ihrem Zeigefinger auf ein hageres und im Vergleich zu den anderen Frauen auf dieser Katalogseite eher bleiches Model deutete.
„Ja, furchtbar", erwiderte Manja kompromisslos. „So will man doch nicht aussehen."
„Nein, eher wie die hier."
„Hm - ja. Stimmt. Die sieht etwas besser aus. Nicht so extrem dürr."
Jan stand weiter neben den Schwestern, die ihn nicht zu bemerken oder zu ignorieren schienen. Er dachte daran, seine Anordnung vorzutragen, konzentrierte sich zunächst aber wieder auf den Schwestern-Talk.
„Und schau mal die hier. Die ist ja fast schon rund."
„Aber bei ihr ist es an den richtigen Stellen rund. Da stehen die Männer doch drauf."
Lautes Gekicher. Jan versuchte weiterhin, den richtigen Moment abzupassen. Es ging aber in die nächste Runde.
„Du, ich habe übrigens ein paar Spritzkuchen vom Bäcker mitgebracht", sagte Manja zu Sabine.
„Ach, schön. Dann können wir ja heute die Aktion Sommerkörper abschließen und die Aktion Winterkörper einläuten."
Wieder Gekicher. Noch lauter. Als das Gelächter abzuebben begann, wusste Jan endlich die Gelegenheit

der kurzen Gesprächspause zwischen den Schwestern zu nutzen.
„Sagt mal, bestellt ihr euch heute was zu essen? Pizza oder so?“ fragte Jan, dessen Appetit vom Spritzkuchengerede wieder geweckt wurde und der seine Pizza noch nicht abgeschrieben hatte.
„Nein, ich habe mir etwas Gulasch zum Aufwärmen mitgebracht. Hatte ich vorhin sowieso für meinen Mann zum Abendessen gekocht“, antwortete Sabine.
„Ich heute auch nicht. Vielleicht nächstes Mal wieder“, erteilte ihm auch Manja eine Absage.
„Na gut“, sagte Jan und bewegte sich leicht enttäuscht dem Aufenthaltsraum und seinem Kaffeebecher entgegen.
„Ach. Und könntet ihr bitte bei der Patientin in der Zwei noch eine Kurzinfusion mit zweieinhalb Gramm Novaminsulfon anhängen?“ fiel es ihm zum Patientenwohl wieder ein.
„Machen wir“, kam es erneut im Duett zurück.

Klar, dachte Jan, als er den Flyer des Lieferservices von der Pinnwand im Aufenthaltsraum nahm. Er kann sich auch ganz alleine eine Pizza bestellen. Aber sich in die Rettungsstelle Pizza zum Nachtdienst liefern zu lassen hatte ihm immer dann behagt, wenn es in einer Runde zusammen mit den Schwestern geschehen war. Das war einer der wenigen Momente, die er von den Nachtdiensten wohlwollend in Erinnerung behalten hatte. Sogar der kurze Augenblick der vergnüglichen Geselligkeit während des Essens mit Leuten, mit denen er zum Teil sonst nicht gesellig werden wollte, hatte ihm zugesagt. Zumindest glaubte er das jetzt.
Salami oder Hawaii. Jan konnte sich nicht entscheiden. Oder überhaupt was bestellen? Heute Hawaii, überlegte Jan sich kurz entschlossen und wählte die

Telefonnummer des Lieferservice. Er bestellte einmal seine Pizza und beschrieb dem nuschelnden Gesprächspartner am anderen Ende der Leitung dreimal den Weg über das Krankenhausgelände zum Eingang der Rettungsstelle. Wahrscheinlich hatte er die letzte Pizza des heutigen Tages bestellt, mutmaßte Jan, als er es auf der Wanduhr genau dreiundzwanzig Uhr werden sah.

Er setzte sich an den Tisch und nippte an seinem inzwischen abgekühlten Kaffee. Scheint ja heute ganz ruhig zu werden, sinnierte Jan, seinen Gedanken aber schon wieder bereuend, denn zu oft war es dann doch anders gekommen. Dennoch spürte er durch die Möglichkeit eines vielleicht ungewöhnlich entspannt verlaufenen Nachtdienstes neue Hoffnung auf ein Treffen mit Anna in sich keimen. Ihm war nicht klar, warum ihn seine Gedanken heute immer wieder zu Anna zurückführten.

Jan war nach ihrer letzten Begegnung und seiner vorübergehenden Gefühlswallung sofort wieder in seinem alltäglichen, stumpfen Arbeitstrott versunken. Er hatte nicht nur seine unklaren Gefühle von diesem Abend, sondern auch ihren Seelenkummer schnell vergessen gehabt. Er merkte, wie ihn das Rätsel um seine plötzliche Gedankenflut an Anna immer mehr zu packen schien. Er hatte ihr Bild umgeschmissen - passiert, dachte er. Sein Vater hatte nach ihr gefragt - macht er immer, puzzelte Jan weiter an einer Erklärung. Ich muss sie wiedersehen, schoss es ihm unvermittelt durch den Kopf, ohne dass er wusste, woher dieser Einfall kam.

„Die Infusion ist durch“, drängelte sich Sabine jäh mit ihrem Rufen in seine Gedankengänge dazwischen. „Wie soll es mit der Patientin weitergehen?“

„Warte mal“, sortierte sich Jan und ging zu den Schwestern vor zur Anmeldung. „Wie geht es ihr denn jetzt?“
„Besser, sagt sie.“
„Gut. Ich gehe noch einmal nach ihr schauen. Wahrscheinlich kann sie dann los nach Hause.“
„Aber geh gleich zu ihr. Sie drängelt schon. Sie will die Straßenbahn nach Hause in zwanzig Minuten noch kriegen.“

Jan trat an den Medikamentenschrank und nahm einige Tabletten heraus. Dann ging er zur Patientin.
„Und wie geht es Ihnen, Frau Volzke?“
„Etwas besser.“
„Ich kann Ihnen ein paar Tabletten mitgeben. Damit Sie erst einmal über die Nacht kommen.“
„Das wäre gut.“
„Die hier sind gegen die Schmerzen. Alle sechs Stunden können Sie davon eine nehmen. Die anderen wirken muskelentspannend. Davon nehmen Sie dreimal zwei am Tag. Ihr Hausarzt kann Ihnen morgen mehr verschreiben.“
„Okay.“
„Wärme hilft übrigens meistens auch ganz gut. Haben Sie eine Wärmflasche oder was ähnliches?“
„Nein, ich glaube nicht.“
„Dann gehen Sie morgen mal in die nächste Drogerie und holen sich eine. Kann man immer gebrauchen“, sagte Jan und dachte, dass sich sein Ratschlag gut anhörte.
„Aha. Danke“, erwiderte die Patientin. Jan hörte ihren Zweifel an seiner Empfehlung heraus.
„Und fragen Sie ihren Hausarzt doch mal nach Rückentraining. Das kann nicht schaden“, merkte Jan abschließend an.

Er nahm im inzwischen verwaisten Arztarbeitsraum Platz, um noch kurz die Papiere für die Patientin zu schreiben und ein paar Zeilen im Rechner einzugeben. Den knappen Ausdruck für den Hausarzt heftete er mit an das Klemmbrett, das er den Schwestern an der Anmeldung mit den Worten „Sie kann jetzt los“ übergab.

10

Die Sanitäter

Die Straßenbahnen fuhren mittlerweile immer seltener an Holga vorbei. Je später es wurde, desto mehr fror er, trotz der Decke und des dickeren Pullovers.
Er verharrte immer noch zusammengekrümmt auf den Sitzen der Haltestelle und hielt seine Augen, um die kalte Nacht nicht auch noch sehen zu müssen, geschlossen. Seine Stellung hatte er zwischendurch nur kurz aufgegeben, um etwas zu trinken und seinen Pegel aufrechtzuerhalten. Die Flaschen hatte er mittlerweile allesamt geleert. Wieder hatte er nichts mehr.
Allein lag Holga dort und versuchte, den Wirren der ungemütlichen Herbstnacht zu trotzen.

Baumgartner war weit über drei Stunden gelaufen. Orientierungslos und unermüdlich zugleich hatte er mehrere Kilometer hinter sich gelassen. Wie besessen suchte er sich weiter seinen Weg. So wie damals.
Er hatte sich selbst nie als besonders körperlichen oder sportlichen Typ betrachtet. Er war erstaunt gewesen, welche Ausdauer und Kräfte er dennoch wutentgleist hatte entwickeln können. An dem Abend, als Eva sich ihm unheilvoll offenbart hatte, war er spät noch planlos losgezogen und durch Berlin gestreift. Nur sein Zorn und seine steigende Aggression hatten ihn durch die Dunkelheit begleitet. Er hatte nicht geahnt, wie er seine Gefühle hätte bändigen können. Er hatte es erst gewusst, nachdem er hemmungslos auf den Flaschensammler eingeschlagen hatte.
Baumgartners Streifzug hatte ihn in einen Park irgendwo in der Stadt gebracht. Er hatte schon damals

nicht gewusst, wo er genau gewesen war. Plötzlich war dieser Fremde vor seinen Augen aufgetaucht, der mit beiden Armen in einem Mülleimer nach leeren Pfandflaschen gesucht hatte. Er hatte ihn von hinten überrascht. Jeder Schlag, jeder Tritt hatte eine befreiende Wirkung gehabt und ihn in einen unglaublich euphorischen Zustand versetzt.
Baumgartner war es gleichgültig gewesen, wen er dort verprügelt hatte. Warum er es getan hatte. Was aus dem Opfer geworden war. Berauscht und erleichtert hatte er damals den regungslosen Körper hinter sich auf dem Boden liegen lassen und war weitergezogen.

An sein gewohntes Bild vom Stadtzentrum erinnerte Baumgartner in der Gegend, die er gerade durchkreuzte, nichts mehr. Die Straßen waren verlassen. Die Nacht wirkte hier noch dunkler. Wäre Baumgartners Gemütszustand ein anderer gewesen, hätte ihn vielleicht ein Gefühl der Befremdlichkeit beschlichen. Sein Adrenalin jedoch heizte seinen aufgestauten Frust nur weiter an und setzte ihn so unter Spannung, dass alle anderen Gefühle vollauf verdrängt wurden.
Für Baumgartner stand bei kurzer Betrachtung der ihn umgebenden Masse an einheitlicher Architektur fest, dass es ihn in die beginnende Peripherie eines Ostbezirks verschlagen hatte. Er lief weiter. Die Wohnblöcke wurden weniger. Dafür tauchten nun nicht mehr ganz so hohe, aber immer noch einheitliche Plattenbürobauten und eine Reihe von Autohäusern vor seinen Augen auf. In weiter Ferne erspähte er die Leuchtreklame einer Tankstelle. Auf der anderen Straßenseite schottete eine mehr als mannshohe, dichte Hecke eine Kleingartenkolonie von der Außenwelt ab. Vor sich machte er, noch einige Dutzend Schritte

entfernt, eine hell erleuchtete Straßenbahnhaltestelle aus.
Je näher er der Haltestelle kam, desto überraschter war er, als er plötzlich in dieser völligen Abgeschiedenheit jemanden auf den Sitzen liegen sah. Der Kopf des Mannes war zum Gleisbett geneigt, die Augen schienen geschlossen. Unter den Sitzen erspähte er leere Schnaps- und Bierflaschen. Baumgartners Augen verengten sich und leuchteten in einem unheilvollen Glanz auf. Für ihn war klar, dass er einen versoffenen, dösenden Penner vor sich hatte. Er glaubte gefunden zu haben, wonach er gesucht hatte. Und es lief besser, als er es vorher hätte ahnen können.

Für seine Verhältnisse war Holga nicht übermäßig betrunken. Dennoch waren seine Sinne getrübt. Weder hörte er, wie Baumgartner sich auf ihn zuzubewegen begann, noch sah er ihn. Baumgartner kam langsam näher, bis er vor Holga stehenblieb und sich nach einer der leeren Bierflaschen bückte.
Zeit für einen prüfenden Rundumblick oder irgendwelche Skrupel ließ sich Baumgartner, dessen vor Aufregung wild pochendes Herz ihn nur weiter anzutreiben schien, nicht. Ohne zu zögern, fing er an, Holga mit der Flasche gegen den Schädel zu schlagen. Die Wucht des ersten Schlages reichte aus, die Flasche zum Zerspringen zu bringen. Den abgebrochenen Flaschenhals umklammerte Baumgartner mit so einer erbarmungslosen Entschlossenheit, dass dieser unter dem Druck in seiner Hand zerbarst. Glassplitter bohrten sich in die Innenfläche seiner Hand, doch Baumgartner spürte keinen Schmerz. Er ließ den zerbrochenen Flaschenrest fallen und drosch unaufhörlich weiter auf Holga ein. Ekstatisch schlug er ihm weiter ins Gesicht, immer weiter, trat gegen seinen Brustkorb, gegen

seinen Bauch. Nur seine schnaufende, erregte Atmung und das dumpfe Geräusch, wenn seine zu Fäusten geballten Hände oder seine schwarzen Lederschuhe wuchtig auf Holga aufprallten, unterbrachen die einsame Stille.
Schon der erste Schlag hatte Holga die Augen aufreißen lassen. Er sah den Unbekannten vor sich stehen, war aber trotzdem wehrlos gegen die tobsüchtige Gewalt, die gnadenlos auf ihn einprasselte. Jeder Schlag, jeder Tritt lähmte seine ohnehin schon von vornherein etwas eingeschränkten Abwehrmaßnahmen immer mehr. Wie in Schockstarre blieb Holga liegen, bis sein malträtierter Körper von den Sitzen zu Boden fiel.
Wie lange es dauerte, bis die Schläge und Tritte aufhörten, bekam Holga nicht mehr mit. Ebenso wenig von seinen Schmerzen und Verletzungen. Irgendwann hatte ihn Baumgartner in die Bewusstlosigkeit geprügelt. Er ließ erst von Holga ab, als in seinem eigenen Körper die völlige Erschöpfung durch die allmählich stagnierende Adrenalinausschüttung spürbar wurde.
In einem lange nicht mehr erlebten Zustand endloser Euphorie wendete sich der schnell atmende Baumgartner zum Gehen in die Richtung, aus der er gekommen war. Schnellen Schrittes verschwand er im durch das schwache Licht der spärlichen Straßenbeleuchtung kaum gebrochenen Schwarz der Nacht.

Holga lag reglos auf dem Bauch. Sein Kopf und sein Oberkörper waren durch den Prügelexzess bis halb unter die Sitze der Haltestelle gerutscht. Über seine rechte Stirnhälfte zog sich eine vom spärlichen Haaransatz bis fast zur Nasenwurzel quer verlaufende

Wunde. Es war die Stelle, an der ihn der erste Schlag mit der Flasche getroffen hatte. Seine Haut war nicht nur durch die Wucht aufgeplatzt, sondern der zersprungene, scharfkantige Flaschenrest hatte den ersten Riss an der Stirn auch noch verlängernd eingeschnitten. Das wenige Blut, das ihm aus seinen Nasenlöchern gequollen war, war bereits wieder geronnen. Sein Gesicht war insgesamt nur leicht geschwollen und nur durch einige kleinere Blutergüssen verfärbt. Weitere sofort sichtbare Verletzungen gab Holgas äußeres Erscheinungsbild trotz des gewalttätigen Angriffs nicht her.
Er schien ganz gut davon gekommen zu sein. Er hätte genauso gut im Suff gestürzt sein können und wäre dabei gegen die Sitze oder die Haltestellenscheibe geprallt, dann zu Boden gegangen und mit dem Kopf auf die Flaschen gefallen, sich dabei eine Wunde an seiner Stirn zuziehend.
Die Wahrscheinlichkeit für einen derartigen Hergang war aller Logik nach sehr gering. Dennoch fanden die beiden Sanitäter, die mit ihrem Rettungswagen auf dem Rückweg von einem harmlosen Einsatz waren und die Straßenbahnhaltestelle mit dem dort liegenden Holga zufällig passierten, dass dies eine plausible Erklärung war. Sie hielten an, sie stiegen aus, sie sprachen Holga an, der nicht reagierte. Sie prüften seinen Puls und seine Atmung und stellten fest, dass er noch lebte. Und dass er eine Fahne hatte. Sie hielten die Wunde für eine sturzbedingte Kopfplatzwunde, sie sahen viele sturzbedingte Blutergüsse.
Gelassen machten die beiden Rettungskräfte die Trage bereit. Auch als beim Umlagern auf die Trage Holgas Kleidung noch mehr verrutschte und einen Blick auf die zunächst noch verdeckten, weiteren Blutergüsse an seinem unteren Brustkorb und an seinem Bauch

preisgab, zweifelten sie nicht daran, dass die Verletzungen des vor ihnen liegenden Alkoholikers darin begründet waren, dass er sich einfach nicht mehr auf den Beinen hatte halten können - genügend leere Flaschen hatten dafür unbestreitbar um ihn herumgelegen.
Sie luden Holga in ihren Rettungswagen, bedeckten seine blutende Wunde am Kopf notdürftig mit einer Lage steriler Kompressen und visierten in aller Ruhe die nächstgelegene Rettungsstelle an. Dass Holga hinten auf der Trage während der gemächlichen Fahrt wieder stöhnend zu sich kam, ließ die Sanitäter das Fahrzeug noch sorgenfreier durch die verlassenen Straßen kutschieren.

Auch wenn die Himmelsrichtung, die Baumgartner eingeschlagen hatte, grob zum Stadtzentrum und somit zu seiner heimischen Bürowohnung zeigte, schien er den Weg, der ihn zurückgebracht hätte, nicht zu finden. Er verlief sich in den unbekannten Straßen, die immer gleich aussahen oder schlimmsten Falls immer die gleichen waren. Orientierungshilfen wie U- oder S-Bahn-Stationen, Bus- oder Straßenbahnhaltestellen waren ihm nicht begegnet. Sein iPhone mit der nützlichen Navigations-App hatte er, in dem Glauben es vorhin sowieso geschrottet zu haben, in seinem Büro gar nicht erst wieder aufgesammelt.
Er erinnerte sich an die letzte Haltestelle, die er gesehen hatte. Ob dort ein Stadtplan im Glaskasten gehangen hatte, war seinem Blick entgangen. Er hatte auch besseres zu tun gehabt, als darauf zu achten. Jetzt noch einmal dorthin zu gehen, erschien Baumgartner als zu riskant. Außerdem hätte er diesen Ort ohnehin nur schwerlich wiedergefunden.

Je länger er herumirrte, umso mehr ebbte sein zunächst ungebremstes Hochgefühl ab. Gefühlsmäßig gelangte er langsam erneut auf dem Niveau an, das ihn schon die Wochen zuvor meist begleitet hatte. Seine von Enttäuschung geprägte Grundstimmung drängte sich breit und unaufhaltsam zurück in den Vordergrund. Baumgartner wurde dadurch auch für den Schmerz empfänglicher, der von seiner rechten Hand auszugehen schien. Er hielt die immer deutlicher werdenden stechenden Beschwerden für eine unvermeidliche Nachwirkung seiner Schläge und Fausthiebe, wie Muskelkater in den Beinen nach einer zu langen Joggingrunde. Mit dieser Erklärung gelang es Baumgartner fürs erste, die Schmerzen ein wenig aus seinem Bewusstsein auszublenden, was ihm aber auch nicht dabei half, die richtige Orientierung für den Heimweg wiederzuerlangen.

11

Der italienische Tourist

Kaum hatte Jan seine Arbeit an dem ersten Fall des heutigen Nachtdienstes abgeschlossen, wankte ein Mann im besten Alter, gestützt durch eine dem Äußeren nach ähnlich alte Frau, durch die Pforte der Rettungsstelle. Der scheint wirklich Schmerzen zu haben, dachte Jan, als er sich zunächst wieder in das Arztzimmer der Rettungsstelle zurückzog und die Schwestern an der Anmeldung ihre Arbeit tun ließ.
Jan beobachtete, wie Schwester Manja das ältere Pärchen in einen der Behandlungsräume führte und darin mit ihnen verschwand. Es dauerte jedoch nicht einmal eine Minute, bis Manja wieder auf dem Flur auftauchte und nun mit dem nächsten Klemmbrett auf Jan zu steuerte.
„Die beiden Herrschaften sind aus Italien. Wohl zum Urlaub in Berlin. Sie haben mir jedenfalls einen Zettel mit der Adresse ihres Hotels hier gleich um die Ecke gezeigt. Die beiden sprechen aber kein Wort Deutsch. Auch kein Englisch. Nur Italienisch“, sagte Manja.
„Fein“, entgegnete Jan.
„Die Vitalwerte sind stabil. Aber so wie ich das sehe, hat der ein urologisches Problem.“
„Und woran hast du das sehen können?“
„Tja. Da musse du eh selba hingehe und eh gucke.“
„Häh?“
„Nein, im Ernst. Geh mal hin und lass dir die Tüte zeigen.“
„Die Tüte?“
Manja hatte ein Talent, manche Fälle sehr amüsant, dachte sie, und gelegentlich auch geheimnisvoll zu

übergeben. In Momenten wie diesen war Jan hin und her gerissen zwischen erst einmal knobeln, was der Patient haben könnte, oder der erweckten Neugier sofort nachgeben und gleich den Patientenkontakt suchen, um sich selbst ein Bild zu machen und das Mysterium zu lösen. Bei Patienten in lebensbedrohlichem Zustand hätte erst einmal knobeln natürlich ins Auge gehen können, wusste Jan. Es war ihm aber auch noch nie passiert. Ein gewisses Vertrauen seinerseits in die Fähigkeiten der Schwestern war zwar bei den meisten vorhanden, aber bei allen begrenzt.

Mithin entschied sich Jan, der Sache sofort nachzugehen. Auch wenn er nicht den Eindruck hatte, dass es in diesem Fall um Leben und Tod gehen würde. Sein italienisches Vokabular umfasste nur eine Handvoll Wörter, aber zum Begrüßen reichte es aus.
„Buonasera!“ eröffnete Jan und stockte sofort wieder, nicht wissend, wie und in welcher Sprache es weitergehen sollte.
„Buonasera!“ gab das Pärchen gemeinsam und zuvorkommend lächelnd, der ältere Mann auf der Liege versuchte es zumindest, zurück.
„Do you speak English? Just a little bit?“
„No!“ anworteten beide auf Italienisch, untermalt von einem gemeinsamen Kopfschütteln.
Jan schnaufte tief durch.
„Problema?“ versuchte er sich einen neuen Konversationsansatz zusammenzureimen.
Jetzt kam die schon berühmte Tüte ins Spiel. Die Frau, Jan mutmaßte die Ehefrau, die ihre Hände bisher hinter ihrem Rücken gehalten hatte, holte diese nunmehr vor. In der rechten hielt sie eine eher unscheinbare gelbe Plastiktüte. Jan trat einen Schritt näher heran, als die Frau die Tüte öffnete. Zum Vorschein kamen ein

benutzter, aber netterweise größtenteils entleerter Urinbeutel und ein gezogener Dauerkatheter für die Harnblase.
„Mio marito ha estratto il catetere nel albergo stasera“, sagte die Frau in einem wohlklingenden Singsang, dabei etwas mit einer Hand vor ihrem Unterbauch gestikulierend, das stark nach einer ziehenden Bewegung aussah.
„Dolor?“ wagte Jan fragend in den Raum zu werfen, in der Hoffnung, medizinisches Latein und Italienisch würden über tiefergehende sprachliche Gemeinsamkeiten verfügen.
„Si, si“, sagte der Mann kopfnickend und mit schmerzverzerrtem Gesicht.

Jan konnte bei dem Abhorchen des Bauches des Patienten nichts Ungewöhnliches finden. Der Patient sprang ihm jedoch beinahe von der Liege, als er beim Abtasten seine Hände in die Mitte des Unterbauches mit nur wenig Druck legte.
Er holte das schwergängige, betagte, aber noch mobile Ultraschallgerät, das in einem anderen Behandlungsraum bei Nichtgebrauch seine feste Parkposition hatte, und fuhr es zu dem Patienten. Von dem wenigen, was Jan beim Ultraschallen sicher beurteilen konnte, hatte er sich das meiste selbst beigebracht. In diesem Fall aber fiel ihm die Beurteilung nicht schwer.
Das Ultraschallbild zeigte eine prall gefüllte Harnblase. Es bestätigte seinen klinischen Verdacht eines Harnverhalts. Warum der Patient einen Harnverhalt hatte, war für Jan wegen der sprachlichen Barriere unmöglich zu erfahren. Bestimmt eine zu große Prostata, bei dem Alter, meinte Jan. Offensichtlich hatte der Patient schon vorher Probleme mit seiner Blase gehabt, das erklärte den Dauerkatheter in der

Tüte. Autsch!, sagte sich Jan im Stillen, als er sich vorstellte, wie ein geblockter Dauerkatheter durch seine Harnröhre gezogen werden würde. Es gehörte schon einiges an Überwindung oder Masochismus dazu, sich einen Dauerkatheter selbst zu ziehen.
Hätte er mal lieber gelassen, jetzt kriegt er einen neuen, dachte sich Jan und deutete mit seinem Zeigefinger auf den Inhalt der berühmten Tüte. Begleitet von einem Kopfnicken hoffte er, dem Patienten und der Frau verstehen geben zu können, was jetzt für den Mann anstehen würde. Da der Patient ein leises, ernüchtert klingendes „Si“ ausstieß und die Frau dazu mitleidig schaute, glaubte Jan, dass sie ihn verstanden hatten.

Auf seine ärztliche Anordnung hin, ging Manja zurück ins Behandlungszimmer. Jan überließ es ihr, dem Patienten einen neuen Dauerkatheter zu legen. Katheter legen war in der Klinik grundsätzlich Aufgabe der Krankenpflege. Jan hatte da auch absolut nichts dagegen.
Er zog sich zum Schreiben in das Arztzimmer zurück. Die Dokumentation des Falles war kaum erledigt - viel hatte es dieses Mal auch nicht zu dokumentieren gegeben - als er Manja aus dem Behandlungszimmer „Katheter läuft!“ rufen hörte.
„Danke! Und mach mal bitte noch einen Urinstix, Manja“, rief Jan zurück.
„Wird gemacht.“

Nachdem Manja den Katheter gelegt und den Behandlungsraum mit einer Urinprobe verlassen hatte, schaute er kurz vom Flur aus bei dem Patienten und der Frau herein. Sie hatte sich neben ihn auf die Liege gesetzt, hielt eine Hand fest und streichelte ihm mit der anderen sanft über die Wange. Beeindruckt von diesem

Anblick und der augenscheinlich immer noch innigen Liebe zwischen den beiden, hielt Jan einen kurzen Moment inne. Diese Vertrautheit, diese Zärtlichkeit fehlte ihm. Anna fehlte ihm, flackerte es kurz in seinem Geiste auf.
Dann lächelte er das verliebte Pärchen an und nickte mit Blick auf den sich ordentlich füllenden Urinbeutel fragend mit dem Kopf.
„Bene! Bene!“ sagte der Patient, offensichtlich schmerzerleichtert.
Jan folgte Manja in den engen, gekachelten Lagerraum für Urinflaschen und Toilettenstühle, in dem auch die Urinschnellteste durchgeführt wurden.
„Alles in Ordnung“, sagte sie, noch über den schon ausgewerteten Teststreifen gebeugt.
„Dank dir!“

Jan überlegte, ob er den Mann so ohne weiteres, nur mit dem neuen Dauerkatheter, wieder entlassen konnte. In seiner Klinik gab es keine urologische Abteilung, leider aber immer wieder urologische Notfälle. Meistens Harnverhalte oder Nierenkoliken.
Auch wenn Jan das Gefühl hatte, den Patienten sorglos zurück in das Hotel schicken zu können, griff er nach seinem Diensthandy, um seine spezielle Notfallhotline für urologische Fragestellungen zu wählen. In der Hoffnung, Bestätigung für sein geplantes Vorgehen zu finden.

12

Die Notfallhotline

Martin Richter arbeitete als Assistenzarzt in der urologischen Abteilung eines Krankenhauses in Eberswalde. Jan hatte ihn während des Studiums in Berlin in seiner Seminargruppe kennengelernt und seitdem als idealen Lernpartner und zuverlässigen Freund zu schätzen gewusst. Leider hatte es Martin nach dem Studium zurück nach Eberswalde geführt. Dort hatte er, anders als in Berlin, sofort nach dem Staatsexamen eine Stelle in der Urologie gefunden. Außerdem war Eberswalde Martins Heimatstadt, die Jan noch nie gesehen hatte und von der ihm nicht viel mehr bekannt war, als dass sie nordöstlich von Berlin, irgendwie kurz vor Polen, lag.

Inzwischen hatten sich Jan und Martin beinahe gänzlich aus den Augen verloren. Dennoch war der Kontakt, selten per Email, noch seltener per Telefon, nie ganz abgerissen. Auch wenn sie sich in ihrer Facharztausbildung in unterschiedliche Richtungen bewegten, hatten beide immer noch die gleiche Wellenlänge. Sie verstanden sich so gut wie früher. Auch wenn sie sich länger nicht gesprochen hatten, brauchten sie keine Anlaufzeit, um sich wieder aneinander zu gewöhnen.

Gewiss war es auch dieser Unkompliziertheit in ihrer Freundschaft zu verdanken, dass Jan, falls ihm in seinem Dienst ein urologischer Fall unsicher werden ließ, auf Martin zurückgreifen konnte. Ebenso hätte seinerseits Martin Jans internistisches Fachwissen gerne in Anspruch nehmen dürfen. Dieser Fall war zwischen ihnen aber bisher noch nicht eingetreten, was

Jan eher auf die insgesamt weniger komplexen urologischen Krankheitsbilder schob. Nicht auf seine möglicherweise größere Unsicherheit und Unwissenheit. Jan dagegen hatte nicht oft, aber schon drei oder vier Mal den unschätzbaren Nutzen dieser Notfallhotline erfahren, denn in seiner Klinik kreuzten regelmäßig Patienten mit akuten urologischen Problemen in der Rettungsstelle auf, ungeachtet der fehlenden urologischen Abteilung in seiner Klinik.
Er hatte mit Martin abgemacht, dass gemeinhin bis Mitternacht Zeit für einen gegenseitigen fachlichen Austausch blieb. Danach wollte man die verdiente Nachtruhe des anderen nicht stören. Jan dachte auch nicht daran, diese Abmachung jemals zu brechen. Dafür waren ihm die Freundschaft zu Martin und das Fortbestehen des heißen Drahts zu wichtig.
Jan hatte Glück. Bis vierundzwanzig Uhr blieb ihm beinahe noch eine halbe Stunde. Er tippte Martins Nummer ein, wurde jedoch, als sein Zeigefinger auf die grüne Wähltaste zielte, abrupt unterbrochen.
„Die Pizza ist da!“ rief Manja oder Sabine durch den Flur der Rettungsstelle. Oder beide zusammen. Jan konnte es nicht sicher heraus hören. Wenn Manja oder Sabine ihren Lautstärkepegel steigerten, um sich nicht unbedingt nötige Wege zu ersparen, glichen sich ihre Stimmlagen ununterscheidbar einander an, fand Jan. Er hatte das Eintreffen des Pizzaboten nicht bemerkt. Martin musste noch kurz warten. Zügig ging Jan vor zum Anmeldetresen, vor dem der vor dem Feierabend stehende Pizzabote ihn mit einem wenig erfreuten Blick erwartete. Jan vertröstete ihn kurz. Eiligen Schrittes lief er weiter durch das Krankenhaus zu seiner alten Station, um etwas Geld aus seiner Tasche im Arztzimmer zu holen. Auch das freigebige Trinkgeld,

das Jan auf den Preis der Pizza setzte, schien die Laune des Pizzaboten nicht zu verbessern.
Da nur er sich eine Pizza hatte liefern lassen, zog Jan es heute vor, diese nicht im Aufenthaltsraum, sondern in seinem Arztkabuff zu vertilgen. Die offensichtliche Verstimmung des Lieferanten sorgte zwar nicht unbedingt für Gewissensbisse bei Jan, dennoch überlegte er, ob es unpassend gewesen war, so kurz vor dem Ende der angepriesenen Lieferzeit bestellt zu haben. Bevor die Pizzastücken heute den Weg in seinen Mund fanden, schaute er sie sich etwas genauer an, um sicherzugehen, dass ihm nicht jemand aus Rachegelüsten, zwischen Käse, Ananasstücken und Kochschinken etwas nicht den Zutaten entsprechendes untergemischt hatte. Jan konnte nichts entdecken, also aß er und genoss es - wie immer. Beinahe hätte er Martin vergessen. Doch als er sich dem letzten Viertel der Pizza widmen wollte, fiel ihm der ausstehende Anruf ein und er klingelte kurzerhand bei Martin an.
Es nahm keiner ab. Als sich Martins Mailbox meldete, legte Jan auf. Er konnte sich nicht erinnern, dass Martin jemals nicht abgenommen hatte. Dadurch etwas aus der Fassung gebracht, verlor er für den Moment den Appetit auf die restliche Pizza. Jan wartete kurz, dann rief er erneut bei Martin an. Wieder konnte er ihn nicht erreichen. Vielleicht hat er auch Dienst und steht im OP oder ist wider Erwarten mit etwas noch besserem beschäftigt, dass ihn nicht abnehmen lässt, dachte sich Jan leicht verzagt. Er überlegte sich, ob er es gleich noch einmal bei Martin versuchen sollte, rang sich dann aber dazu durch, auf seine sonst so zuverlässige Hilfe zu verzichten und selbst eine Entscheidung zu treffen. Das italienische Paar wartete ohnehin schon zu lange.
Jan wägte ab, ob er den Patienten einfach so mit dem Dauerkatheter und ohne Nachkontrolle entlassen sollte.

Er entschied sich dafür, denn er konnte nichts finden, was dagegen gesprochen hätte. Jan ging in das Behandlungszimmer. Dabei konnte er ein Wanken an seinem Entschluss zwar nicht verhindern, aber als er vor dem nicht mehr schmerzgeplagten, dafür immer noch dankbar blickenden Patienten stand, fiel Jan nicht um. Er versuchte dem italienischen Pärchen mit einfachen Gesten und ein paar wild gemischten Wortbrocken aus Englisch, Latein und vielleicht Italienisch zu vermitteln, dass es gehen durfte und dass der Katheter liegen bleiben musste. Er wusste nicht, ob sie ihn so verstanden, wie er es meinte. Trotzdem ließ er die Touristen gehen.
Auf dem kurzen Ausdruck über die erfolgte Behandlung, der in diesem Fall womöglich überflüssig gewesen wäre, aber dennoch nicht fehlen durfte, vermerkte Jan das meiste in deutscher Sprache oder in medizinischem Fachvokabular. Als Schlussbemerkung fügte er auf dem Papier noch, sich blind im Italienischen versuchend, „Urologo in Italia!“ hinzu. Diese drei Worte gab er dem Patienten zum Abschied auch noch mündlich mit. Jan betete, dass jetzt alles mit dem Mann gut gehen und er es ohne Komplikationen bis zu seinem heimischen Urologen schaffen würde.
Die Schwestern bestellten ein Taxi für das ältere Pärchen, während Jan wieder im Arztzimmer Platz nahm. Um sich von seiner leichten Aufregung durch die mutig getroffene Entscheidung abzulenken, kaute er auf der übrig gebliebenen Pizza herum. Da dies die erwünschte beruhigende Wirkung noch nicht gänzlich herbeiführte, beschloss Jan, den vor ihm stehenden Arbeitsrechner zum Kurzausflug ins Internet zu nutzen. Ausnahmsweise für mehr oder minder private Zwecke. Die Krankenhausverwaltung duldete dafür einen gewissen, knapp bemessenen Zeitrahmen. Aber hatte man

sich dazu erst einmal entschlossen oder überhaupt die Zeit gefunden, den Browser zu öffnen und dort im Netz für einen Moment zu verweilen, standen die Chancen schlecht, das erlaubte Zeitfenster nicht zu überschreiten. Auch Jan hatte das sichere Gefühl, es bisher jedes Mal überschritten zu haben. So wie er es auch von anderen Kollegen unter vorgehaltener Hand gehört hatte. Konsequenzen hatte es für ihn bisher jedoch nicht gehabt. Zumindest hatte er noch keine zu spüren bekommen.

Jan öffnete die Seite eines Internetportals, bei dem er seine private Emailadresse angemeldet hatte. Manchmal hatte Martin ihm vorher geschrieben, wenn er irgendwie verhindert gewesen war. Aber wie bereits abends zuhause so fand er auch jetzt keine Nachricht von Martin in seinem Postfach. Jan wollte ihm kurz schreiben und sich danach erkundigen, warum er ihn nicht hatte erreichen können. Aber er hegte einen dezenten Zweifel, ob er hierzu eine Formulierung finden würde, in der kein leiser Vorwurf mitschwang. Obwohl er nicht einmal einen Vorwurf gegenüber Martin empfand.

Jan entschied sich, die Nachricht zu verschieben und sich stattdessen in den sinnfreien Klatschnachrichten des Webportals zu verlieren. Die Überschriften zu den Meldungen reichten Jan schon aus, um sich den Rest denken zu können. Und er war sich sicher, dass er sich den Rest des Artikels besser dachte, als er überhaupt hätte geschrieben sein können. Eine Schlagzeile indes weckte sein Interesse: „Zwei Schwestern erleiden fast in derselben Sekunde einen Herzinfarkt“. Jan las weiter. Er erfuhr von zwei Schwestern aus der Toskana, Benedetta und Anna Nardelli, vierundfünfzig und sechsundvierzig Jahre alt. Schon wieder Anna, dachte

Jan, bemühte sich aber, seine Konzentration wie
den Text zu lenken.
Der Herzinfarkt hatte Benedetta Nardelli ereilt, als sie ihrer Arbeit als Hauswirtschafterin auf einem toskanischen Landgut nachgegangen war. Jede Hilfe war zu spät gekommen, sie war verstorben. Fast im gleichen Augenblick wie ihre ältere Schwester hatte es auch Anna Nardelli erwischt. Den Moment des Herzinfarktes hatte sie dagegen etwas günstiger abgepasst. Sie hatte es in ihrer Tätigkeit als Krankenschwester in einem Krankenhaus in Livorno besser getroffen und konnte gerettet werden. Als die Meldung in weitere unzählige Details aus der gemeinsamen Vergangenheit der Schwestern auszuufern begann - beide waren extrem übergewichtig gewesen, nahezu auf das Kilogramm gleich, beide hatten fast an dem gleichen Tag die Diagnose Bluthochdruck gestellt bekommen, so wie es dann auch mit der Diagnose Diabetes gewesen war - verlor Jan allmählich das Interesse, weiterzulesen. Er hatte inzwischen eher den Eindruck, dem Urheber dieser Nachricht auf dem Leim gegangen zu sein.
Aber da war sie schon wieder gewesen, Anna. Natürlich nicht wirklich sie, aber ihr Name. Jan erschien es unmöglich, heute nicht an Anna zu denken. Auch ohne die Absicht an sie zu denken, tauchte sie immer wieder in seinen Gedanken auf. In der Meldung war der Name aufgetaucht, da liegt die Assoziation doch nahe, mutmaßte Jan, seiner Vermutung wiederum selbst auch nicht ganz trauend. Dazu gesellte sich nun noch ein gewisses Unbehagen. Das Lesen von Übergewicht, Bluthochdruck, Diabetes und den Herzinfarkten bescherte ihm, auf seinen eigenen Lebensstil und seinen eigenen ungesunden Nahrungskonsum blickend, ein unwohles Gefühl.

Jan war stets bemüht gewesen, über die Veränderung seiner körperlichen Verfassung und seiner Konstitution seit der Trennung von Anna hinwegzusehen. Aber gänzlich entgangen war ihm dieser Wandel nicht. Beim Fitnessstudio hatte er sich vor über anderthalb Jahren angemeldet. Jan hatte angenommen, es für Anna tun zu müssen. Er hatte bemerkt, dass sich die stressige Arbeit im Krankenhaus nicht förderlich auf seinen Körper ausgewirkt hatte. Er hatte auffällig viel zugenommen. Als es zwischen Anna und ihm zu kriseln angefangen hatte, hatte er gedacht, den Problemen in ihrer Beziehung dadurch erfolgreich begegnen zu können, dass er durch den Sport wieder attraktiver für sie werden würde. Jan hatte nicht verstanden, dass für Anna weniger seine äußerliche Veränderung von Bedeutung gewesen war als die Veränderung seiner Persönlichkeit und seines Verhaltens, welche er nicht mehr zum Guten für ihre Beziehung hatte wenden können. Das Training hatte Jan nach der Trennung ziemlich schnell vernachlässigt. Die noch gelegentlich eintreffende Post vom Fitnessstudio erinnerte ihn immerhin daran, dass er noch irgendwo Mitglied war und einen Mitgliedsbeitrag versenkte.

13

Anna und Jan (III)

Anna: Kannst du morgen Abend bei mir das Regal anbohren?
Jan: Wieso? Welches Regal?
Anna: Hab ich dir doch erzählt. Letzten Sonntag auf dem Flohmarkt hab ich so ein kleines, hübsches, weißes Wandboard gefunden.
Jan ist desinteressiert, zeigt keine wahrnehmbare Reaktion.
Anna: Für meine Küche. Und?
Jan: Was und?
Anna: Machst du es?
Jan: Weiß ich nicht.
Anna: Wie „weiß ich nicht"?
Jan: Ja ich weiß es nicht.
Anna: Ist es wirklich so schwer, sich das kurz zu überlegen?
Jan: Musst du jetzt grad so nerven.
Kurze Stille.
Anna: Warum bist du so?
Jan: Wie bin ich denn? Was soll denn schon wieder die blöde Frage?
Anna, mit den Tränen kämpfend: Was ist nur los mit dir?
Jan kalt: Was soll denn sein? Vielleicht solltest du mal in den Spiegel schauen und dich das selbst mal fragen?

Die ersten Tränen rollen über ihre Wangen. Jan ist weiter blind.
Schweigen.

Sie weint. Die Tränen kennen kein Halten mehr. Keine Regung. Kein In-den-Arm-Nehmen.

Anna schluchzend: Du, ich kann nicht mehr.
Jan unterkühlt: Dann lass es doch sein.

14

Sieben Nähte

Das unverkennbare Geräusch eines vor der Rettungsstelle eintreffenden Rettungswagens ließ Jan aufhorchen. Er musste sich überwinden, sich von seinen Gedanken an Anna loszureißen. Keinesfalls wollte er riskieren, dass ihm durch seine Unkonzentriertheit ein gröberer Fehler bei der Behandlung eines Patienten unterlief. Wer wusste denn schon, welche Art von Notfällen ihn in dieser Nacht noch erwarten würde. Bisher war es heute, was die Fälle anbelangte, eher entspannt verlaufen. Als Jan diese den Tatsachen entsprechende Feststellung traf, spürte er jedoch eine leichte Beunruhigung in sich aufsteigen, denn selten war es so entspannt geblieben.
Als sich die Schiebetüren der Rettungsstelle öffnend zur Seite schoben und zwei Rettungskräfte mit einer Trage hereinfuhren, hatte Jan es zwar noch nicht geschafft, Anna ganz auszublenden, fühlte sich aber bereit genug, um sich dem dort mit einer durchgebluteten Kompresse auf dem Kopf liegenden Patienten zu widmen.
Jan stand auf, um sich der kleinen Versammlung um den neuen Patienten anzuschließen. Nicht nur die beiden Sanitäter, auch Manja und Sabine hatten sich inzwischen um die Trage postiert, auf welcher Holga, wieder bei vollem Bewusstsein, lag. Da wollte Jan nicht fehlen. Manchmal ist Arbeit leider die beste Ablenkung, dachte er und stieß im Bestreben, allseits freundlich zu grüßen, dazu.
„Hallo“, sagte Jan einmal, aber so lang gezogen, dass er seinen Blick, während er diese Begrüßung aussprach,

von den Rettungskräften bis hin zu Holga schweifen lassen konnte. „Was haben wir denn hier?"
„Eine schöne Kopfplatzwunde, bei ihm hier", sagte der eine Sanitäter auf Holga deutend, „offensichtlich ein praktizierender Alkoholiker."
„Sieht aus wie einer, riecht wie einer, und ist auch einer", meinte der andere grinsend zu den Schwestern, ohne dass diese seinen witzlosen Kommentar in irgendeiner Weise erwiderten.
„Wir haben ihn gerade an einer Straßenbahnhaltestelle liegen sehen und aufgelesen. Er muss gestürzt sein und war kurz nicht ansprechbar, als wir ihn gefunden haben. Aber ihr seht ja, geht ihm schon wieder gut. Er scheint wohl bis auf die Wunde nichts weiter Ernstes zu haben."
„Dann fahrt ihn mal gleich hier vorne in den OP", wies die vorangehende Schwester Sabine die beiden Sanitäter an.
„Ich komme gleich mal mit", sagte Jan.
„Du kannst dich auch noch einen Augenblick gedulden. Ich muss ihn erst einmal im PC anlegen", meinte Manja, die sich allem Anschein nach nur ungern drängen ließ. Ohne zu warten, aber immerhin geduldigen Schrittes, folgte Jan den anderen trotzdem in den OP.
„Wissen wir denn, wie er heißt?" rief Manja ihnen hinterher.
„Nein", riefen mehrere Stimmen zurück.
„Doch. Holga", sagte Holga verhalten, „Holga Mücke."
„Manja! Er heißt Holger Mücke", gab Sabine ihrer Kollegin, gut vernehmbar zu verstehen.
„Nein. Holga mit a", wollte Holga korrigieren.
„Was?" hallte es verwundert aus mehreren Kehlen zurück.

„Egal“, sagte Holga, sich mit seinem Vornamen und den damit verbundenen, vertrauten Problemen abfindend.

Auch wenn sein Name nun in der Rettungsstelle annähernd korrekt bekannt war, gestaltete sich die formale Anmeldung von Holga im Patientencomputer etwas schwierig. Papiere hatte er keine bei sich. Manja umging das Problem, indem sie seine Patientendatei mit „Unbekannt, Unbekannt“ als Namen und mit dem heutigen Tag als Geburtsdatum anlegte. Auf diese Weise interessierten sich weder der Rechner noch Manja für weitere, sonst notwendige Details wie Anschrift oder Krankenkasse. Die Dokumentation und somit auch die Abrechnung der Patientenbehandlung schien gesichert. Des Öfteren hatte Jan bereits resigniert festgestellt, dass dies offenbar in vielen Fällen wichtiger war als die Behandlung an sich.
Die Trage mit Holga kam im OP-Raum der Rettungsstelle zum Stehen und man lagerte ihn mit vereinten Kräften um. Holga war zwar wieder wach, jedoch noch außer Stande, sich selbst von der Trage auf die funktionellere OP-Liege zu bemühen. Die Sanitäter machten ihre Trage wieder abfahrbereit und verabschiedeten sich.
Jan schlüpfte mit seinen Händen in das kleinste Paar Latexhandschuhe, das ihm in der Rettungsstelle zur Verfügung stand. Seine Hände waren klein. In Anbetracht seiner Körpergröße hätte auch die Größe seiner Hände etwas durchschnittlicher sein können. So konkurrierte er mit den meisten Schwestern um die Einmalhandschuhe in Größe S, die immer am schnellsten ausgingen. Dann wandte er sich zu Holga.
„So, hallo nochmal. Ich heiße übrigens Fromholz. Nicht erschrecken, ich muss einmal kurz hier drunter

schauen“, sagte Jan und hob die Kompresse auf Holgas Stirn an. „Oje! Da haben Sie sich ja ordentlich was weggeholt. Wissen Sie denn noch, wie das passiert ist?“
„Ich bin wohl gestürzt“, log Holga, dem nicht mehr alles, was geschehen war, klar vor Augen stand, der sich dennoch ausreichend daran erinnern konnte, dass er nicht einfach so gestürzt war. „War wohl zu beschwipst gewesen, um mich auf den Beinen halten zu können. Oder eben nicht beschwipst genug.“
Bei diesem Spruch konnte sich Jan, der ein neues Paar Kompressen auf Holgas Stirn fixierte, ein ehrliches Schmunzeln nicht verkneifen. Er sah, wie sich anscheinend auch Sabines Mundwinkel leicht nach oben zogen, während sie dem Patienten am linken Oberarm die Blutdruckmanschette und am rechten Zeigefinger das Fingerpulsoxymeter anlegte. Der kleine Monitor hinter dem Kopfende der Liege zeigte normale Werte für den Blutdruck und die Sauerstoffsättigung. Auch den nur minimal zu schnellen Puls von Holga nahm Jan unbesorgt zur Kenntnis.
„Herr Mücke, Ihre Wunde an der Stirn werden wir nähen müssen. Das wird dann gleich der chirurgische Kollege übernehmen“, sagte Jan.
„So soll es sein“, stimmte Holga zu.
„Genau. Und Sabine, würdest du dem Patienten bitte noch Blut abnehmen?“
„Muss das denn sein?“ entgegnete sie, wobei Jan ein Augenzwinkern in ihrer Gegenfrage herauszuhören glaubte.
„Ja klar, es muss bitte sein, Sabine“, antwortete er, um Charme bemüht. „Und dann das Standardlabor plus Gerinnung, Leberwerte und Blutalkohol. Okay?“
„Okay. Soll er auch gleich eine Flexüle kriegen?“

„Unbedingt. Du kannst ihm auch gleich eine Infusion anhängen."
„Einfach NaCl?"
„Ja, genau. Ich gehe mal kurz den Chirurgen anrufen. Wer hat denn bei denen heute eigentlich Dienst, Sabine?"
„Weiß ich auch nicht. Ich habe heute hier noch keinen von ihnen gesehen."

Jan suchte etwas Ruhe im Arztzimmer, um den Kollegen anzurufen. Er wählte die Nummer des chirurgischen Diensthandys. Freiton.
„Adler?" meldete sich nach kurzem Warten eine verschlafene, weibliche Stimme.
„Grüß dich, Jan hier aus der Rettungsstelle. Tut mir leid, falls ich dich geweckt habe", sagte Jan aufrichtig, denn er hasste es, andere Assistenten aus dem Bett klingeln zu müssen. Bis vielleicht auf den einen oder anderen der psychiatrischen Kollegen. Aber jetzt bei Alexandra Adler hatte er wirklich ein schlechtes Gewissen, denn er wusste, dass sie bereits seit über sechzehn Stunden im Hause war. Gleichwohl er sich freute, ihre Stimme zu hören.
„Ist schon okay. Ich hatte mich eben erst hingelegt."
„Du Alex, ich habe hier leider noch einen Patienten für dich. Eine etwas größere Kopfplatzwunde, die genäht werden muss."
„Ist gut, ich komme."
„Danke, aber mach dir keinen Stress."

Jan arbeitete gerne mit Alexandra Adler zusammen. Er hatte bei ihr das Gefühl, dass es ein unkompliziertes Miteinander, ein gemeinsames Durchstehen des Dienstes und ein gegenseitiges Helfen war, ohne dem anderen irgendetwas übel zu nehmen - auch keinen

späten Anruf. Dieses Gefühl konnte Jan nur mit den wenigsten Assistenzärzten aus den anderen Fachrichtungen in Verbindung bringen.
Die Zeit, die er Alexandra lassen wollte und die sie vermutlich auch brauchte, um aus ihrem Bett im chirurgischen Dienstzimmer in die Rettungsstelle zu kommen, überbrückte Jan, indem er Holga etwas eingehender untersuchte. Die vermeintliche, von den Sanitätern beschriebene Bewusstlosigkeit ließ Jan die Sache - trotz Holgas nun augenscheinlich guten Zustands - ernst nehmen.
Neurologisch konnte Jan bei Holga nichts Auffälliges feststellen. Die nötigen Reflexe waren vorhanden, Holga war ausreichend orientiert und es fand sich momentan kein Anhalt für eine neurologische Ausfallerscheinung. Holga verneinte erst die Frage nach Vorerkrankungen, dann die Frage nach Schmerzen. Jan schenkte dieser letzten Antwort jedoch nur wenig Glauben. Als er für die körperliche Untersuchung Holgas Kleidung hochschob, sah er die bläulich-violetten Verfärbungen an dessen Oberkörper. Holga musste sich ausziehen, wobei sich ihm Jan und Schwester Sabine, die noch mit der Vorbereitung der Infusion beschäftigt war, behilflich zeigten.
Über Holgas unteren Rippen und auch dessen Oberbauch bestand ein ausgeprägter Druckschmerz. Jan veranlasste eine Röntgenuntersuchung des Brustkorbs. Er rief die Röntgenassistentin an, die er damit ebenfalls aufweckte. Jan wusste aus Erfahrung, dass sie noch einige Minuten benötigen würde, um die angeforderten Untersuchungen durchzuführen. Auch von Alexandra war noch nichts zu sehen.
Um die Wartezeit weiter zu verkürzen, holte er sich das Ultraschallgerät und untersuchte Holgas Bauch. Das, was Jan mit seiner Fertigkeit auf dem Bildschirm

einstellen konnte, sah für ihn so weit ganz gut aus. Die sonographisch anscheinend beginnende Verfettung der Leber war das Einzige, das er finden konnte, was nicht einem Normalbefund entsprach. Weder war Jan davon überrascht noch beunruhigt. Eine Schädigung von Holgas Milz oder freie Flüssigkeit in dessen Bauchraum als Verletzungsfolge konnte Jan aufgrund seiner geringen Ultraschall-Erfahrung nicht vollends ausschließen. Da er aber nichts, was darauf gedeutet hätte, im Ultraschallbild fand, ging er davon aus, dass er davon gar nichts finden konnte, weil es einfach nicht da war.

Auch das Röntgen ergab ein unauffälliges Bild von knöchernem Brustkorb und Lunge. Es schien weder eine Rippe gebrochen noch Holgas Atmungsorgan verletzt worden zu sein. Jan atmete auf, hatte ihn die rein äußerliche Betrachtung der etlichen, ausgedehnten Verfärbungen durch die Hauteinblutungen doch beinahe etwas anderes erwarten lassen.

Er versuchte Holga, der nun in ein Krankenhausleibchen gekleidet war und dem er die Ergebnisse der bildgebenden Untersuchungen mitteilte, an seiner Erleichterung teilhaben zu lassen. Holga wirkte auf Jan aber schon die ganze Zeit - trotz dessen nicht mehr zu leugnenden Schmerzen - erstaunlich entspannt. Fast so, als wenn Holga jenes Gefühl der Unbesorgtheit gar nicht unbedingt nötig gehabt hätte.

„Na, was ist hier los?“ hörte Jan plötzlich Alexandras Stimme hinter sich. Er drehte sich um und sah sie an der Tür zum OP-Raum angelehnt stehen. Wie lange sie dort wohl schon steht, fragte er sich.

„Hi Alex. Komm ruhig herein. Es sieht schlimmer aus, als es ist“, sagte er dann. Und zu Holga, als er dessen Leibchen anhob, um Alexandra die Verfärbungen zu zeigen: „Darf ich?“

„Tun Sie sich keinen Zwang an", entgegnete Holga.
„Laut Rettungssanitätern soll er an einer Straßenbahnhaltestelle gestürzt und dann kurz bewusstlos gewesen sein. Die haben ihn dort liegend gefunden und aufgelesen. Thorax und Abdomen scheinen in Ordnung zu sein. Im Röntgen und im Ultraschall war nichts Schlimmes zu sehen", erklärte Jan.
„Das muss ja ein ziemlich ungewöhnlicher Sturz gewesen sein, so wie das aussieht", stellte Alexandra fest.
„Ja, irgendwie schon. Wir wissen leider nicht, wie es genau passiert ist. Er sagt nur, dass er gestürzt wäre."
„Na gut. Und das hier oben ist dann wohl für mich", meinte sie dann und zeigte auf den Kompressenstapel auf Holgas Stirn. Sie zog sich Handschuhe an und hob die Kompressen an. „Oh ja, das ist eindeutig was für mich", sagte sie mit dieser, wie Jan fand, bei vielen Chirurgen verbreiteten, schwer nachvollziehbaren Euphorie bei dem Anblick derartiger, zu nähender Wunden.
Alexandra wies Schwester Sabine an, einen kleinen sterilen OP-Tisch vorzubereiten. Nachdem sie den Wundbereich ausreichend betäubt hatte, spülte sie die Wunde mit Kochsalzlösung noch einmal sauber und verschloss diese anschließend in akkurater Handarbeit mit sieben Einzelknopfnähten. Schwester Sabine legte am Ende zwei gefaltete Kompressen darauf und verklebte abschließend alles mit einem ausreichend großen Stück Pflastertapete. Da Holga - zu Jans Verwunderung, aber nicht zu seinem Missfallen - in dieser nächtlichen Stunde als einziger Patient in der Rettungsstelle weilte, war Jan im Raum geblieben, um Alexandra zuzuschauen.

„Meinst du, er braucht noch eine Schädel-CT?“ fragte er sie, nachdem die Wunde versorgt war.
„Wie lange war er denn bewusstlos?“
„Wissen wir nicht so genau. Oder wissen Sie es - ungefähr?“ erhoffte sich Jan mit jener Frage an Holga nicht wirklich eine hilfreiche Antwort von ihm.
„Nein, weiß ich nicht. Ich kann mich erst wieder an den Transport und die Rüttelei hinten im Auto erinnern“, antwortete Holga.
„Siehst du, es ist nicht richtig herauszubekommen.“
„Mhm.“
„Aber hier war er die ganze Zeit über völlig klar und orientiert. Neurologisch war bei mir auch alles unauffällig. Und Kopfschmerzen, Übelkeit oder Erbrechen hat er auch nicht gehabt. Oder? Übel ist Ihnen nicht?“ fragte Jan wieder in die Richtung von Holga.
„Nein. Aber Kopfschmerzen habe ich eigentlich schon, hier vorne zumindest“, sagte Holga und fasste sich auf den Verband an seiner Stirn.
„Ja, okay. Die Schmerzen da vorne dürfen Sie auch haben. Sonst tut aber nichts weh am Kopf, oder?“
„Ich glaube nicht.“
„Also, was meinst du?“ fragte Jan Alexandra noch einmal.
„Ich würde erst einmal abwarten und ihn hier noch etwas beobachten. Auf Station aufnehmen kann ich ihn sowieso nicht. Wir haben keine Betten.“
„Na wunderbar. Das ist ja nichts Neues.“
„Was ist eigentlich mit dem Tetanusschutz?“
„Danach habe ich noch nicht gefragt“, gestand Jan.
„Das wurde im letzten Jahr aufgefrischt. Oder vor zwei Jahren“, schaltete sich Holga ein. „Auch von einem Chirurgen im Krankenhaus. Das war eine andere Sache damals.“

„Gut, das wäre geklärt."
„Und hast du denn schon ein EKG von ihm?" fragte Alexandra weiter.
„Seit wann interessieren sich Chirurgen für EKGs?"
„Mache ich ja auch nicht. Aber du solltest dich doch dafür interessieren. Hast du schon eins von ihm?"
„Nein, noch nicht", musste Jan zugeben.
„Siehst du. Das war doch ein guter Tipp. Immer den Überblick behalten", sagte Alexandra lächelnd und verabschiedete sich postwendend mit einem kurzen Winken von Jan, um vermutlich wieder das Bett in ihrem Dienstzimmer aufzusuchen.

Jan bat die Schwestern um das Schreiben eines EKGs bei Holga. Er selbst schaute kurz nach, ob die Ergebnisse der Blutuntersuchung bereits im Rechner standen. Zufrieden registrierte Jan, dass beinahe alle Laborparameter im Normbereich lagen. Nur die Leberwerte lagen deutlich über der oberen Normgrenze, jedoch noch unterhalb von Jans Sorgenzone. Bei Holgas Vorgeschichte hatte Jan durchaus mit noch höheren Ergebnissen gerechnet. Das EKG von Holga, was Manja ihm reichte, zeigte einen normalen Herzrhythmus.
Jan ging zu Holga, um ihm die restlichen Befunde mitzuteilen. Wie schon zuvor nahm er auch jetzt eine eher leidenschaftslose Reaktion von Holga auf die guten Nachrichten wahr. Das Angebot eines Schmerzmittels lehnte Holga ab, da er es nach eigenem Kundtun nicht brauchte. Holga äußerte lediglich den Wunsch nach etwas Ruhe. Die geringe Distanz von der Anmeldung, an der sich die Schwestern selten ruhig unterhielten, zu dem OP-Raum, in dem Holga sich alles mit anhören musste, stand jenem Wunsch jedoch zweifelsohne im Wege.

Jan entschied, dass Holga in den größeren, am anderen Ende des Rettungsstellenflures gelegenen Ausnüchterungsraum, der neben dem Arztzimmer lag und sogar als einziger Behandlungsraum eine kleine Sanitärkabine hatte, umziehen durfte. Das Risiko, Holga laufen zu lassen, wollte Jan trotz der offensichtlichen Besserung des Zustands vermeiden. Er besorgte einen Rollstuhl vom Flur und half Holga hinein. Den tragbaren Monitor zur Überwachung der Vitalwerte nahm er ab und legte ihn Holga ebenso wie die Infusionsflasche auf den Schoss. Dann schob er ihn, nicht ohne Manja und Sabine darüber im Vorbeigehen zu informieren, in den anderen Raum.
Nachdem Jan Holga auf die neue Liege geholfen hatte, holte er ihm aus einem Schrank in einem anderen Zimmer noch ein kleines Kissen und ein steifes Laken, das Holga als Decke benutzen konnte. Holgas Wunsch entsprechend machte Jan das Licht aus. Er verließ den Raum, achtete aber darauf, dass die Tür einen Spalt weit geöffnet blieb. Der Ausnüchterungsraum wurde zwar mittels Videokamera überwacht, nur auf das entsprechende Bild auf einem der Monitore bei den Schwestern fiel nur sehr unregelmäßig ein achtsamer Blick. Einen Mitschnitt gab es nicht. So wurde die Tür meist nur geschlossen gehalten, wenn der Raum nicht belegt war.
Kaum war Jan drei Minuten aus dem Raum heraus, ertönte das Alarmsignal des Monitors. Jan sah nach.
„Alles in Ordnung bei Ihnen?“
„Ja, ja.“
Der Clip des Pulsoxymeters war Holga vom Finger gerutscht, stellte Jan fest.
„Strecken Sie mal Ihren Zeigefinger aus. Ich muss Ihnen das hier wieder dran machen.“
„Nein. Lassen Sie das mal sein. Das stört mich.“

„Es muss aber sein."
„Ich mache es mir doch sowieso wieder ab", gestand Holga gleichgültig ein.
Jan spürte kein intensives Verlangen nach solch einer Diskussion, schon gar nicht zu dieser Stunde. Er schaltete den Monitor aus und nahm Holga auch gleich noch die Blutdruckmanschette ab. Dann machte er wieder das Licht aus und ließ ihn, erneut bei leicht geöffneter Tür, dessen ersehnte Nachtruhe finden. Zumindest für den Moment.

15

Die rote Hand

Vielleicht war es eine Stunde, vielleicht waren es zwei Stunden gewesen, die Baumgartner unterwegs war, ohne wirklich voranzukommen. Er konnte es selbst nicht sagen. Jedes Zeitgefühl war ihm wie zuvor schon viele andere Emotionen abhanden gekommen.
Sein blinder Marsch hatte ihn weiter erschöpft. Der Schmerz in seiner rechten Hand war wieder so stark zu ihm zurückgekehrt, dass er einen reflexartigen Blick darauf nicht hatte vermeiden können. Er hatte das Blut gesehen, viel Blut, und es war noch feucht gewesen. Zunächst hatte er es für das Blut des Obdachlosen gehalten und es ignoriert. So wie er völlig rasend auf ihn eingeprügelt hatte, auch wenn er sich an Details dieses Augenblicks nicht erinnern konnte, war er jetzt nicht überrascht von der roten, klebrigen Masse, die seine Hand überzog.
Schon eher zeigte sich Baumgartner davon überrascht, dass der Schmerz nicht mehr an Intensität zu verlieren schien, dafür aber zunehmend unangenehmer wurde. Er konnte die Hand schmerzbedingt fast nicht mehr bewegen, die Finger kaum noch beugen oder strecken. Er schaute genauer hin. Die Handinnenfläche war voll von Blut, soviel hatte er auch schon vorher gesehen. Er kramte mit der linken Hand ein blütenweißes Stofftaschentuch aus seiner Hosentasche und wischte damit über die rechte Hand. Das Taschentuch konnte nur eine unwesentliche Menge des Blutes aufnehmen. Jedoch genug, um Baumgartner einige festsitzende Glassplitter und ein paar kleinere, oberflächliche Schnittwunden sehen zu lassen. Das nachfließende

Blut, das sich wie eine flache Flutwelle von den Fingergrundgelenken über die Mittelhand und das Handgelenk bis zu seinem Unterarm unter den Ärmel des grauen Trenchcoats entlang schob, behinderte aber sofort wieder die Sicht.
Er drückte das schon blutgetränkte Taschentuch noch einmal in die Wunden der rechten Hand. Er entdeckte zwei weitere, größere und tiefere Schnittwunden, die sich schräg über die Innenseite von Zeige- und Mittelfinger zogen. Die Wundränder klafften auseinander. Wieder verbaute ihm das schnell nachlaufende Blut einen längeren Blick. Er hatte aber genügend gesehen, um sich unwohl und taumelig zu fühlen.
Baumgartner sank am Straßenrand im Licht einer Laterne zu Boden. Auf einem zusammengekehrten Haufen von altem, braunem Laub sitzend, gesellte sich nun auch noch eine tiefe Beunruhigung zu ihm. Diese Beunruhigung wuchs sich, je länger er auf seine Hand schaute, zu einem Gefühl der Hilflosigkeit und Panik aus. Baumgartner drehte seinen Kopf und seine Augen immer wieder weg von der verletzten Hand, um seinen Blick Sekunden später voll von verzweifelter Hoffnung wieder auf diese zu richten. Je häufiger er dies tat, umso aussichtsloser wurde auch für ihn die vergebliche Hoffnung, dass es nicht sein Blut, nicht seine Verletzungen waren, die er sah. Der Vernunft zum Trotz machte er unermüdlich weiter - er schaute hin, er schaute weg, wieder hin, wieder weg.

Baumgartner war zu sehr mit sich selbst beschäftigt. Er nahm die nackte Frau, die lauthals schreiend an ihm vorbeihüpfte, nicht richtig wahr. Er hörte nichts von dem wirren Zeug, das sie in die Nacht hinaus brüllte. Vielleicht hätte es Baumgartner in einer anderen

Verfassung wieder gekitzelt, obwohl er sein Erlebnis eigentlich schon wenige Stunden zuvor gehabt hatte. Vermutlich wäre er, wenn er die Frau genauer gesehen und beurteilen hätte können, ohnehin für sich zu dem Schluss gekommen, dass sie seinem Schema einer einfachen und hilflosen Beute nicht entsprach. Sie bewegte sich nicht nur von vornherein zu hektisch und zu schnell, ihr durchdringendes Gezeter hätte zusätzlich eine ungewollte und ungünstige Aufmerksamkeit auf sich ziehen können.

So unverhofft wie die entblößte Unbekannte seinen Weg gekreuzt hatte, war sie auch wieder verschwunden. Einsam in sich versunken blieb er auf dem Blätterhaufen sitzen.

16

FKK

Es ist längst Zeit für den nächsten Kaffee, dachte sich Jan, sich seiner Müdigkeit erinnernd, und begab sich zur Kaffeemaschine im Aufenthaltsraum. Er griff nach dem Stapel neuer, weißer Plastikbecher und zog versehentlich drei ineinander steckende Becher auf einmal heraus. Immer der gleiche Mist, sagte sich Jan, wenig begeistert von diesen Trinkgefäßen. Er ließ die drei Becher ineinander stecken, betrachtete sie als einen und goss sich Kaffee ein. Trotz der ungewollten Verstärkung der Wand war der Becher eigentlich wie immer zu heiß, um ihn entspannt in der Hand halten zu können. Jan setzte sich an den Tisch und stellte den Kaffee vor sich ab.

Er wendete seinen Kopf zur Uhr, die inzwischen kurz vor eins zeigte. Sein ihn seit Wochen ständig begleitendes Schlafbedürfnis - mal mehr, mal weniger stark ausgeprägt, aber immer vorhanden - nahm wieder unaufhaltsam zu. In der Hoffnung dagegenzuwirken, begann er seinen immer noch heißen Kaffee zu schlürfen. Geschmacklich hatte der Kaffee mit fortschreitender Dienstzeit, wie erwartet, abgebaut. Sicher war das stundenlange Warmhalten ein Hauptgrund dafür. Doch selbst wenn die Schwestern während der Nacht noch einmal Kaffee aufsetzten, der erste blieb immer der beste. Jeder weitere, egal ob frisch gebrüht oder von der Warmhalteplatte, schmeckte schlechter. Warum wusste Jan nicht. Vielleicht konnte es sich bei dem zu häufigen, nächtlichen Genuss von Kaffee geschmacklich nur so entwickeln.

Obwohl sich Jan jetzt gerne schlafen gelegt hätte, denn sein Biorhythmus schien sich auch nach vier Nachtdiensten nicht wirklich umzustellen, genoss er die heute etwas ruhigere Atmosphäre in der Rettungsstelle durch die bisher ungewöhnlich überschaubare Zahl an Patienten. Er fühlte sich noch nicht so ausgelaugt wie sonst nach knapp drei Stunden Nachtdienst, in denen ihm aufgrund der Menge an Arbeit nur selten Zeit zum Durchatmen geblieben war. Heute jedoch war, zu seiner stillen Freude, immer mal wieder eine minutenlange, mentale Auszeit möglich. Diese versuchte er sich auch jetzt zu gönnen. Er füllte diese Zeit, indem er sehnsüchtig an sein Bett dachte, aber auch schon wieder oder immer noch an Anna, was jedoch weniger entspannend zu wirken schien. Sie schwirrte weiter in seinem Kopf an der Schwelle zu seiner Wahrnehmung und zu seinem Unterbewusstsein herum. Immer wieder tauchte sie vor seinem geistigen Auge auf. Heißt das, ich soll mich bei ihr melden, sie anrufen, fragte er sich.
Ein lautes, schrilles Schreien, dass anscheinend von draußen vor dem Eingang zur Rettungsstelle kam, riss ihn plötzlich aus seinen Gedanken. Die Eingangstüren schienen sich zu öffnen, denn das Schreien klang nun noch lauter. Die Wirkung, die der Kaffee noch nicht wirklich überzeugend erzielt hatte, war durch das markerschütternde Gekreische erreicht worden. Jan fühlte sich für den Augenblick hellwach.
„FKK ist für alle da! FKK ist für alle da!“ dröhnte es durch die Rettungsstelle. Und weiter: „FKK ist für alle da! FKK ist für alle da! Hände weg! Hände weg!“
Das klingt nach einem Fall für den Psychiater, folgerte Jan erleichtert aus dem Gehörten. Er stand auf und griff noch einmal zu seinem Kaffeebecher. Dann bewegte er sich drei Schritte vor und streckte seinen Kopf

zurückhaltend aus dem Aufenthaltsraum in den Anmeldebereich heraus, um die Lage zu sondieren. Er sah zwei Polizisten und die beiden Schwestern, wie sie an einer schreienden, wild fuchtelnden, nackten Frau um die vierzig hingen und zerrten, anscheinend in dem Versuch, sie zu besänftigen. Es hatte nur den gegenteiligen Effekt. Nicht nur bei der nackten Frau, sondern bei allen Beteiligten war eine ansteigende Aggressivität unverkennbar. Der Frau hielt Jan immerhin zugute, dass es ihm mit vier Menschen, die sich ungewollt an ihn heran hängten, auch nicht anders gehen würde. Klar, bei ihr scheint oben irgendwas nicht ganz zu stimmen, so wie sie anscheinend nackt und FKK rufend durch die Nacht läuft, dachte Jan. Ob sie jetzt erst so richtig durchzuknallen schien, weil ihr alle so auf die Pelle rückten?
Jan versuchte grundsätzlich, nicht unbedingt in diese psychiatrischen Angelegenheiten involviert zu werden. Er konnte gerne auf den zusätzlichen Stress verzichten. Auch wenn er wie in diesem Fall nur daneben stand, reichten ihm der Lärm und der Anblick aus. Es gelang ihm nur nie, nicht involviert zu werden, denn bei den meist übervorsichtigen Psychiatern der Klinik ging selten etwas ohne ein internistisches Konsil.
Jan sah voraus, dass ihn die Frage nach einem Konsil auch bei dieser nackten, schreienden, kaum zu bändigenden Frau ereilen würde. Er erwägte, sich die Patientin gleich selbst einmal anzuschauen und nicht erst abzuwarten, bis der psychiatrische Kollege ihn wahrscheinlich ohnehin danach fragen würde. Jan neigte dazu, die Dinge, auch solche, die erst auf ihn zuzukommen drohten, am besten sofort zu erledigen.
Langsam wagte er sich aus dem Aufenthaltsraum vor, hielt indes noch etwas unbeteiligten Abstand zu dem aufgeregten Menschenknäuel vor dem Anmeldetresen.

Mit vereinten Kräften gelang es den Schwestern und Polizisten die Frau, die sich ihrerseits vehement gegen die Übermacht wehrte, in einen der Behandlungsräume zu schleifen.
Jan blieb stehen und wartete ab. Es dauerte nicht lange, nicht einmal eine Minute, bis die Polizisten wieder aus dem Raum heraustraten. Sogleich schien sich der Lautstärkepegel des Geschreis auf ein fast angenehmes Niveau zu senken. Jan begann, sich nun selbst dem Raum zu nähern. Auch Schwester Sabine kam bereits wieder herausgelaufen und ihm eilig entgegen. Vielsagend zog sie ihre Augenbrauen hoch und ging an ihm vorbei in Richtung Anmeldung.
Jan grüßte leise die beiden Polizisten, die sich noch vor dem Raum aufhielten. Dann schaute er vorsichtig hinein. Die Frau, die jetzt nicht mehr nackt war, sondern in ein Patientenleibchen gehüllt, hatte sich augenscheinlich etwas beruhigt. Sie brabbelte zwar weiter genauso aufgeregt vor sich hin, aber weniger laut. Widerstandslos ließ sie sich auch von Manja den Blutdruck messen. Besser kann es doch fast nicht mehr werden, nur wieder schlimmer, dachte Jan und hielt es nun für den geeigneten Moment, sich zu dieser Patientin vorzuwagen. Er versuchte den Behandlungsraum mit einer gewissen Bestimmtheit zu betreten, kam aber über ein eher schüchternes Auftreten nicht hinaus.
„Wer kommt denn da, wer kommt denn da?“ fragte die Patientin ihn anscheinend genau ins Visier nehmend.
„Hallo. Entschuldigen Sie, dass ich störe“, entgegnete Jan leicht verlegen, „ich bin hier einer der Ärzte, einer der Internisten.“
„Bin ich krank?“
„Äh, nein, na ja. Der psychiatrische Kollege wird bestimmt auch gleich zu Ihnen kommen. Ich möchte

erst einmal nur sicher gehen, dass Ihnen körperlich nichts weiter fehlt."
„Mir fehlt nichts!"
„Sie haben wahrscheinlich recht."
„Der Blutdruck ist 145 zu 75. Und der Puls 110", mischte sich Manja kurz ein.
„Sehen Sie, mir fehlt nichts", griff die Patientin die gehörten Werte auf.
„Manja, machst du bitte noch ein EKG", sagte Jan in dem Wissen, dass bei den Psychiatern keine Behandlung ohne EKG ging. Das EKG dann selbst zu befunden, war ihnen aber nicht möglich, deshalb wollte er es gleich erledigt haben.
„Stehen die beiden Blauen etwa immer noch hier rum", sagte plötzlich die Patientin, die vermutlich ein paar Gesprächsfetzen der beiden Beamten vom Flur aufgeschnappt hatte. „Die sollen sich verpissen! Die sollen sich verpissen!" wurde sie wieder etwas lauter.
„Machen sie ja auch gleich", bemühte sich Jan, die Frau zu beruhigen.
„Machen Sie denn eigentlich auch gern FKK?" wechselte sie sprunghaft das Thema.
„Äh, nein. Ich denke nicht."
„Ich schon. Auch gerne ohne Badesee. Und natürlich nachts, nur nachts."
„Wieso nur nachts?"
„Noch nie etwas vom gefährlichen Sonnenbrand gehört", tat die Patientin geheimnisvoll.
„Doch, doch. FKK also. Deshalb waren Sie heute Nacht so unterwegs?"
„FKK ist für alle da! FKK ist für alle da!"
„Ja, ist klar!"
„Aber nein, diese Bullenspanner mussten mich ja auch in ihr Auto zerren. Ist FKK verboten? Die sollen sich verpissen!"

„Machen sie ja auch gleich. Haben Sie denn irgendwo Schmerzen?“
„Mir geht es blendend. Sieht man doch“, sagte die Frau, die nach Jans Eindruck anscheinend schon seit Tagen nicht mehr geschlafen und beim Blick auf ihre Haare, Hände und Fingernägel auch schon länger nicht mehr ausreichend Körperpflege betrieben hatte.
„Das ist doch gut“, sagte er. „Nehmen Sie denn Medikamente, Tabletten? Oder Drogen?“
„Um so zu sein, wie ich bin? Das brauche ich doch alles gar nicht.“
Jan zweifelte weniger an dem Wahrheitsgehalt ihrer Antwort, mehr aber daran, dass die Patientin jetzt eine Urinprobe zum Drogenscreening abgeben würde. Egal, soll sich der Psychiater darum kümmern, entschied er sich kurzerhand, um die gerade so gut laufenden Dinge mit der Patientin nicht unnötig zu verkomplizieren. Manja kam mit dem EKG-Gerät in den Raum hereingefahren.
„Oh, das kenne ich, das kenne ich! Das saugt so schön!“ tat die Patientin fröhlich kund. Manja bat sie das Leibchen etwas hochzuheben und begann, die Elektroden an ihrer Brustwand anzulegen.
„Mein Vater ist eine Fummeltrine“, sagte die Frau, anscheinend dem nächsten Geistesblitz folgend.
„Was?“ fragte Jan.
„Wussten Sie, dass es dreihundert verschiedene Arten gibt, Klöße zu machen.“
„Was? Was für Klöße denn?“
„Thüringer. Die Familie meines Vaters stammt aus Gelmeroda.“
„Gut zu wissen.“
„Gelmeroda, Stadtroda, Apolda, Bad Berka, Magdala, Jena, Gera, endet alles auf a.“

„Klingt so, ja“, bemerkte Jan, der sah, dass das EKG geschrieben war und der für sich merkte, dass er sich lange genug mit der verwirrten Frau unterhalten hatte. Sie auch noch körperlich zu untersuchen, war jetzt nicht vordringlich, entschied er.
„Nohra, Farnroda, Dobra, Bucha, Wipfra, Friedrichroda, Bucha.“
„Das war jetzt aber doppelt.“
„Bucha gibt es mehrmals. Seeba, Bad Sulza, Bebra, Otticha, Bad Langensalza, Maina, alles auf a. Mihla, Altenberga, Pahna, Graicha, Kahla, Seega, Petriroda, Wartha.“
„Toll. Ich sage schon mal tschüss. Der Kollege kommt gleich“, sagte Jan. Er nahm das EKG von Manja entgegen und sah, dass es unauffällig war. Dann ließ er die Patientin mit ihren auf a endenden, thüringischen Ortsnamen allein.

Die Polizisten waren immer noch anwesend, sie hatten sich mittlerweile aber etwas abseits neben den Anmeldetresen gestellt. Jan stellte sich kurz zu ihnen. Sie erklärten ihm, dass der Ehemann der Frau, ein Herr Kuhn, telefonisch von zu Hause aus die Polizei alarmiert hatte, nachdem seine Ehefrau nackt schreiend aus der Wohnung gestürmt war. Sie hatten die mutmaßliche Frau Kuhn dann beim Streifefahren entdeckt und mitgenommen. Viel mehr wussten sie auch nicht.
Der Psychiater, wohl von Sabine informiert, vermutete Jan, betrat die Rettungsstelle.
„Frau Kuhn ist also wieder da?“ fragte er ohne jegliche Begrüßung.
„Ja“, antwortete Sabine, „und im PC steht, dass sie erst vor sechs Wochen von der psychiatrischen Station

entlassen wurde. Scheint vielleicht ein bisschen früh gewesen zu sein."
„Ja, ja, warten wir mal ab", sagte der Psychiater. „Der Ehemann hat vorhin auch schon bei uns auf Station angerufen. Er war etwas durch den Wind wegen seiner Frau. Aber was er so geschildert hat, dass sie seit knapp einer Woche nicht mehr richtig geschlafen hat bei gesteigertem Antrieb und grundlos gehobener Stimmung und so weiter, deutet leider alles auf eine erneute manische Episode hin."
„Sieht so aus", sagte Sabine.
„Hier, das EKG ist schon fertig", warf Jan ein und drückte dem Kollegen die Unterlagen in die Hand.
„Hast du die Patientin schon internistisch gesehen?" fragte der Psychiater.
„Klar. Alles erledigt von meiner Seite", sagte Jan und hoffte, dass es stimmte. Dann überließ er dem Kollegen das Feld.

17

Der Schnupfen

Der Kaffee drückte Jan auf die Blase. Er ging in den Aufenthaltsraum, um nach dem Schlüssel für die Personaltoilette der Rettungsstelle zu suchen. An dem kleinen Haken, an dem der Schlüssel hängen sollte, hing nichts.
„Sabine, wo ist denn der Kloschlüssel hin?“ fragte Jan gut vernehmbar in Richtung Anmeldung.
„Der ist schon seit dem Frühdienst verschwunden“, rief Sabine zurück.
Prima, dachte Jan, hat den wieder irgendeine Flachbirne in seiner Tasche vergessen. Er mied es, die versiffte Patiententoilette der Rettungsstelle zu benutzen, die gegenüber dem Ausnüchterungsraum und damit auch nahe bei dem Arztzimmer lag. Geniale Raumaufteilung, befand Jan immer wieder.
Da ihm sein Harndrang nicht viel mehr Zeit ließ und er bis auf Holga, der in dem Ausnüchterungsraum zu schlafen schien, keinen weiteren Patienten im Umlauf hatte, ergriff er die günstige Gelegenheit, die Rettungsstelle zu verlassen. Jan lief im Eiltempo auf seine ehemalige Station und nahm erleichtert zur Kenntnis, dass der Schlüssel für die dortige Personaltoilette im Schlüsselkasten im Schwesternzimmer hing. Eine Schwester sah er nicht. Er vermutete, dass sie in einem der vielen Patientenzimmer beschäftigt war. Es störte Jan aber auch nicht, denn so hielt ihn jetzt in seiner Not nichts weiter auf.
Befreit hängte er den Schlüssel anschließend wieder zurück. Da er schon einmal hier war, beschloss Jan, ins Arztzimmer zu gehen und sich sein Handy aus dem

Schrank zu holen und einzustecken. Er wollte sich bei Anna melden, das wusste er nun zweifelsfrei. Ihr vielleicht eine Nachricht schreiben oder sie sogar anrufen. Nein, nicht anrufen, nicht jetzt, ist ja viel zu spät, dachte er, aber vielleicht hat sie ja wieder bis weit nach Mitternacht arbeiten müssen, dann ist sie womöglich noch wach. Er entschied, dass es für einen Anruf zu spät war und wartete erst einmal ab. Was er ihr überhaupt sagen wollte, wusste er ohnehin noch nicht. Nur dass er ihr etwas sagen wollte.

Zurück in der Rettungsstelle nahm ihn Manja gleich in Empfang.
„Wohin hast du dich denn verkrümelt?“ fragte sie.
„Ich musste mir mal eine Toilette suchen“, erwiderte Jan.
„Wieso denn suchen? Du hättest doch auf unsere gehen können.“
„Der Schlüssel ist schon wieder weg.“
„Quatsch! Der liegt jetzt vorne bei uns an der Anmeldung. In der obersten Schublade vom Büroschrank unter dem Schreibtisch.“
„Gut zu wissen für das nächste Mal.“
„Und das nächste Mal kommt bestimmt“, sagte Manja trocken. „Da ist noch ein neuer Patient für dich gekommen. Ich habe ihn in die Drei gelegt“, sprach sie weiter und überreichte Jan das Klemmbrett mit dem Aufnahmebogen.
„Der ist ja erst neunzehn“, sagte Jan etwas überrascht, als er das Geburtsdatum des neuen Patienten erblickte. „Und was hat er gesagt, warum er hier ist?“
„Wegen Schnupfen und Erkältung.“
„Na prima!“

Als Jan den Behandlungsraum drei betrat, sah er einen jungen Mann breitbeinig vor sich auf der Liege sitzen. Das Basecap hatte er mit dem Schirm nach hinten gedreht. Sein rechter Fuß wippte schnell und aufgeregt auf dem Boden auf und ab, wahrscheinlich passend zu der Musik aus seinen Ohrstöpseln. So munter und allem Anschein nach kaum beeinträchtigt, wie Jan den Patienten dort sitzen sah, hätte er ihn auch gerne ohne Anamnese und Untersuchung gleich wieder zurück nach Hause oder in den nächsten Club, in den es den jungen Mann vermutlich sowieso gleich wieder hin verschlagen würde, geschickt.

„Können Sie mal bitte die Stöpsel aus Ihren Ohren nehmen“, sagte Jan laut genug, dass es der Patient hörte. „So, danke. Fromholz ist mein Name. Wo drückt denn der Schuh?“

„Was denn für’n Schuh?“

„Was fehlt Ihnen denn?“

„Ach so, was mir fehlt. Hab ein bisschen Schnupfen. Fühl mich halt schlapp so seit einigen Tagen.“

„Und außer Schnupfen und Schlappheit? Sonst noch irgendetwas?“

„Kann sein, dass ich auch ein bisschen Fieber hatte. Gestern.“

„Wie kann sein? Haben Sie gemessen?“

„Meine Mutter hat mir so‘n Thermometer gegeben.“

„Und?“

„Na war halt leichtes Fieber. So 37,6 oder so.“

„Okay. Und sonst? Halsschmerzen, Kopfschmerzen, Husten?“

„Yep.“

„Was yep?“ gab Jan zurück und dachte, schon wieder dieses grässliche Yep.

„Na so ein bisschen Halsschmerzen halt.“

„Und was haben Sie bisher gemacht, um wieder gesund zu werden?“
„Na hab halt etwas weniger geraucht und so. Und meine Mutter hat mir noch irgend so eine Brausetablette gegeben.“
„Und hat das was gebracht?“
„Nö, weiß nicht. Fühl mich halt immer noch schlapp.“
Jan untersuchte den jungen Mann kurz. Er schaute ihm in den Hals, horchte Herz und Lunge ab, kontrollierte sogar die Temperatur, ohne dass er etwas Pathologisches feststellen konnte.
„Also, so wie Sie hier vor mir sitzen, kann ich nicht wirklich eine schwere Erkältung feststellen. Wenn Sie sich so schlapp fühlen, dann gehören Sie vielleicht besser nach Hause ins Bett, oder?“ fragte er dann.
„Kann schon sein. Ich lege mich auch gleich wieder hin zuhause. Ich brauche aber trotzdem noch eine Krankschreibung so seit gestern. Und vielleicht auch noch für die nächste Woche. So kann ich ja nicht arbeiten gehen.“
„Was arbeiten Sie denn?“
„Ich bin Koch. In Ausbildung. Mein Chef sagt halt immer, besser zuhause bleiben, wenn man sich nicht so gut fühlt.“
„Toller Chef. Aber ich kann Sie hier in der Rettungsstelle nicht krankschreiben“, sagte Jan und dachte, würde ich auch nicht tun, wenn ich es könnte. „Dafür müssen Sie schon zu Ihrem Hausarzt gehen.“
„Was, echt?“
„Echt.“
„Dann hätte ich ja gar nicht hierher kommen brauchen.“
„Das Gefühl habe ich auch. Ich mache Ihnen schnell die Papiere fertig, dann können Sie wieder los. Einen kleinen Moment Geduld noch. Die Schwester gibt

Ihnen dann alles. Gute Besserung, trotzdem“, sagte Jan, trat aus dem Behandlungsraum heraus und ging in das Arztzimmer, um ein paar Zeilen zu dem Patienten zu schreiben. Dann übergab er alles zurück an Manja, die den jungen Mann entließ.

Jan hatte sich den nächsten Kaffee geholt und wieder im Arztzimmer Platz genommen. Die Luft war hier trotz des immer noch angekippten Fensters nicht wesentlich frischer, dafür aber deutlich kühler geworden. Jan schloss das Fenster und setzte sich wieder hin. Obwohl er erneut nichts zu tun hatte, vergaß er jetzt für einen Moment, an Anna zu denken. Stattdessen spulte er, inspiriert durch den eben gesehenen jungen Patienten, in seinen Erinnerungen die Liste der langweiligsten und der interessantesten Fälle, die ihm in seiner Laufbahn in der Rettungsstelle begegnet waren, ab.

18

Die Top Drei der interessantesten und der langweiligsten Fälle

Für Jan gehörte jener Patient mit dem Schnupfen, der sich vermutlich nach eigenem Dafürhalten für schwer erkältet hielt, ohne dass es nach außen wirklich danach aussah, fraglos zu den Top Drei der langweiligsten Fälle. Allein das häufige Antreffen von solchen Patienten mit milden oder sogar fraglichen Beschwerden, welche gelegentlich auch für andere Anliegen vorgeschoben wurden, wie eine Krankschreibung in diesem Fall, ließ jene Patienten für Jan auf dieser Rangliste ganz oben auf Platz eins stehen.

Ähnlich langweilig und kaum weniger häufig waren die Fälle mit den älteren Damen oder seltener auch den älteren Herren, die zwar mit ihrem bekannten Bluthochdruck eine chronische Krankheit hatten, jedoch kein akutes gesundheitliches Problem, was sie gezwungen hätte, sich in der Rettungsstelle vorzustellen. Trotzdem traf er in aller Regelmäßigkeit auf diese älteren Herrschaften, die sich zuhause so oft den Blutdruck selbst gemessen hatten, bis sie meinten, dass er endlich zu hoch gewesen wäre. Da dieses zu hoch für jene älteren Leute dann meist gleichbedeutend mit einer unvorstellbaren Gefahr für ihre Gesundheit oder gar ihr Leben war, maßen sie weiter ihren Blutdruck, sahen diesen noch höher werden und wurden selbst immer panischer. Die Sorge um ihren Blutdruck führte sie dann in die Rettungsstelle.

Eigentlich hätte Jan diese Patienten auch auf den ersten Platz der langweiligsten Fälle setzen können. Was ihn indes daran hinderte, war ein gewisser Mitleidsfaktor, den er bei diesen älteren Damen und Herren empfand. Jan zweifelte nicht einmal unbedingt daran, dass die Blutdruckwerte bei ihnen zuhause zu hoch gewesen waren oder sich entsprechend der ängstlichen Stimmungslage in kritische Höhen gesteigert hatten. Die dann in der Rettungsstelle ermittelten Werte aber waren häufig so gut und nicht einmal annähernd entgleist, dass es weder einer notfallmäßigen Therapie noch einer Veränderung der medikamentösen Langzeitbehandlung des Bluthochdrucks bedurfte. Rasch hatte lediglich das Blutdruckmessen durch das Fachpersonal und offenbar die Krankenhausatmosphäre in der Rettungsstelle diesen Patienten wieder etwas Sicherheit gegeben und ihnen einige Sorgen genommen. Das reichte aus, dass sie sich etwas öffneten und Jan das eigentliche Problem ihres Kommens, zumeist indirekt, anvertrauten.

Die Einsamkeit vieler hochbetagter Leute war ein häufiges, in der Klinik aber manchmal missachtetes Problem, dachte Jan. Oft fehlte es diesen älteren Patienten an den nötigen zwischenmenschlichen Beziehungen. Entweder hatten sie ihren Partner, ihre Kinder oder ihre Freunde und Bekannten überlebt, oder sie waren ihr Leben lang allein unterwegs gewesen. In jüngeren Jahren konnte das Gefühl der Einsamkeit sicher besser kaschiert werden. Der Beruf oder andere Verpflichtungen stellten eine gelungene Ablenkung dar. Im hohen Alter, wenn diese Möglichkeit der Ablenkung fortfiel, schrumpfte vermutlich nicht nur die Anzahl ihrer Kontakte nach und nach, auch emotional vereinsamten sie immer mehr. Und sie hatten ausreichend Zeit, Tag für Tag, oder wenn der Schlaf dann schlechter wurde auch Nacht für Nacht, intensiv darüber nachzudenken.

Gerade an den Weihnachtsfeiertagen, Silvester oder Neujahr, erinnerte sich Jan, prägten diese Leute das Patientenbild in der Rettungsstelle. Je länger er darüber nachdachte, desto mehr bemitleidete er diese armen, einsamen Rentner. Und desto deutlicher tauchte in seinem Kopf aber auch die Frage auf, wie einsam er selbst eigentlich mittlerweile war?
Mindestens genauso uninteressant und langweilig wie der Schnupfen, aber wesentlich seltener in der Rettungsstelle anzutreffen - weshalb es für Jan auch nur zu Platz drei reichte - waren die Patienten, die sich mit völlig vagen Beschwerden vorstellten, die sie bereits vor Wochen oder Monaten gehabt hatten. Es ging von einem leichten Ziehen in der Fußsohle, über ein zwickendes Gefühl im Oberschenkel oder in einer Gesäßhälfte bis hin zu einem einmaligen, nicht schmerzhaften Knacken im Schulter- oder Kiefergelenk. Alles war eine kurzzeitige Beschwerde, die nicht von weiteren Symptomen begleitet wurde, und die so plötzlich, wie sie aufgetaucht war, auch wieder verschwand. Jan hatte dann einen beschwerdefreien Patienten vor sich, der ihm von einem länger zurückliegenden, harmlosen Körpergefühl berichtete. Auch die Untersuchung lieferte einen Normalbefund. Er wunderte sich bei diesen Fällen jedes Mal, was das alles sollte und warum diese Leute überhaupt in die Rettungsstelle gekommen waren. Einfach so halt, dachte Jan sich als deren wahrscheinliche Antwort.

Demgegenüber standen die Top Drei der interessantesten Fälle. Auf Platz drei stufte Jan hier eine besondere Patientin ein. Sie war nicht wegen ihrer Beschwerden, der chronischen Knieschmerzen, die sie in die Rettungsstelle geführt hatten, interessant.

Vielmehr hatte Jan die Art und Weise, wie sie ins Krankenhaus gebracht wurde, sehr beeindruckt. Bislang war es auch das einzige Mal geblieben, dass er miterleben konnte, wie ein Schwerlast-Krankentransport der Feuerwehr mit sechs Feuerwehrmännern an Bord eine extrem übergewichtige Patientin in die Rettungsstelle brachte. Jan hatte das Ausladen der Patientin aus dem Fahrzeug interessiert beobachtet. Diese Aktion hatte zwar auch einige Minuten in Anspruch genommen, war aber nicht zu vergleichen gewesen mit der anschließenden Wartezeit auf das krankenhauseigene Spezialbett für schwergewichtige Patienten, das für die Schwestern der Rettungsstelle zunächst unauffindbar schien. Irgendwo in einem der Kellerräume war es dann doch gewesen und die Patientin konnte mithilfe der sechs Feuerwehrmänner umgelagert werden. Die Untersuchung ergab, dass die chronischen Knieschmerzen der Patientin verschleißbedingt waren, was bei ihrer zu tragenden Körperlast auch nicht überraschend war. Sie wurde mit einem Schmerzmittel und dem erneut bestellten Schwerlasttransport wieder nach Hause geschickt. Was Jans Rangliste betraf, war die Diagnose in diesem Fall nebensächlich. Der Schwerlasttransport machte aber den besonderen Unterschied aus und sicherte der Patientin den dritten Platz unter den interessantesten Fällen.

Vor ihr platziert hingegen waren zwei medizinisch wirklich spannende Fälle. Und das auf dem geteilten ersten Platz. Auch jetzt noch verspürte Jan ein starkes Mitgefühl, als er an die beiden Patienten, eine Frau Anfang zwanzig und einen Mann Mitte dreißig, dachte. Die junge Frau war in einem seiner ersten Nachtdienste hoch fiebernd mit einem Rettungswagen in die Rettungsstelle gekommen. Ihr hatte er es sofort

angesehen, dass sie krank war. Sie war kreidebleich gewesen und hatte Mühe gehabt, sich auf den Beinen zu halten. Ihre Temperatur betrug knapp unter vierzig Grad Celsius. Sie hatte nicht viel sagen können zu ihrem Zustand, nur dass es rasant bergab gegangen war. Die Schwestern hatten bei der Patientin keine Vene zum Blutabnehmen gefunden. Dafür aber etliche Einstichstellen. Auch Jan sah sich vor große Probleme gestellt, ihr einen venösen Zugang zu legen. Nach mehreren Fehlversuchen gelang es ihm schließlich, an der linken Wade unterhalb der Kniekehle ein Blutgefäß zu treffen. Die Laboruntersuchung hatte massiv erhöhte Entzündungswerte ergeben. Die eher instabile Kreislaufsituation der Patientin hatte die Aufnahme auf die Intensivstation erfordert, von der sie nur wenig später weiter in ein Herzzentrum verlegt worden war. Durch die Kollegen war eine wiederholte Entzündung einer Herzklappe festgestellt worden, die diese hochgradig geschädigt hatte und zu einer ausgeprägten Funktionseinschränkung des Organs geführt hatte. Die junge Frau hatte eine neue Herzklappe benötigt. Jans Interesse an dem Schicksal dieser Patientin hatte ihn den Fall nachverfolgen lassen. So hatte er in den später folgenden Arztberichten erfahren, dass sie sich seit ihrem vierzehnten Lebensjahr Heroin spritzte. Ihr Zuhause hatte sie schon zwei Jahre vorher verloren und seitdem mehr oder minder auf der Straße gelebt. Sie war in eine Zwickmühle aus Anschaffen Gehen und Drogenkonsum geraten, ohne wirkliche Chance, dort wieder herauszukommen. Nach der Herzoperation war die junge Frau in eine Suchtklinik verlegt worden. Danach war Jan nicht das Interesse, aber der Informationsdraht abhanden gekommen.
Hinter dem anderen Fall, der es in Jans Rangliste ebenfalls auf den ersten Platz schaffte, stand eine

ähnlich traurige Geschichte. Der Mann, ein Flüchtling aus Dagestan, war zusammen mit einer Bekannten in der Rettungsstelle erschienen. Er hatte kein Wort deutsch gesprochen, dafür aber seine weibliche Begleitung, die letztlich auch zwischen Jan und dem Patienten übersetzt hatte. Sie hatten sich vorgestellt, da er unter starken Bauchschmerzen gelitten hatte. Jan hatte gefragt, wann die Beschwerden eingesetzt hatten. Die Antwort war gewesen, nachdem Stunden zuvor der Asylantrag des Mannes abgelehnt worden war und er daraufhin in seiner Verzweiflung etliche Tabletten Paracetamol eingenommen hatte. Jan hatte umgehend die entsprechende Notfalltherapie eingeleitet. Die ersten Laborergebnisse hatten schon einen starken Anstieg der Leberenzyme gezeigt und auf ein toxisches Leberversagen hingedeutet. Auch dieser Patient war auf die Intensivstation gegangen und bei weiter steigenden Leberwerten im Blut schließlich in eine Spezialabteilung der Uni-Klinik verlegt worden, da nicht absehbar war, ob das Organ gerettet werden konnte. Auch diesen Fall hatte Jan weiter verfolgt. Die Leber des Patienten hatte gerettet werden können. Aus medizinischer Sicht war die Sache noch einmal gut ausgegangen. Aber welchen Weg der Patient in seinem Leben dann gegangen war oder hatte gehen müssen, hatte Jan nicht mehr erfahren.

Jan trank seinen Kaffee aus und warf den leeren Plastikbecher in den Mülleimer unter dem Schreibtisch. Mit den Gedanken hing er noch an den letzten beiden Fällen in seiner Rangliste. Waren sie für ihn vor allem wegen des schweren menschlichen Schicksals so interessant gewesen? Vielleicht war er doch zu mehr Empathie fähig, als er dachte. Oder zeigte er nur in der

Klinik Mitgefühl und Verständnis, und hatte beides Anna gegenüber irgendwann abgestreift?

19

Anna und Jan (IV)

Jan: Anna? Was ist los?
Anna sitzt Jan gegenüber. Sie blickt nach unten auf das dunkle, eingekerbte Holz der Tischplatte. Mit den Fingern ihrer rechten Hand nestelt sie am Stiel ihres noch vollen Rotweinglases.
Jan: Anna? Ich merke doch, dass etwas nicht stimmt.
Anna schweigt. Den Blick hält sie weiter gesenkt. Ihre Finger wirbeln immer noch aufgeregt um den Glasstiel herum.
Jan überlegt, ob er etwas falsch gemacht hat, kann sich aber nicht erinnern. Zumindest nicht heute oder die letzten Tage.
Jan: Hey, was beschäftigt dich? Weißt du, wenn ich dich hier so sitzen sehe und spüre, dass es dir nicht gut geht, zerreißt es mir nicht nur das Herz, ich möchte dir auch irgendwie helfen. Auch wenn ich nicht genau weiß, wie ich dir helfen kann, außer dir erst einmal zuzuhören. Vielleicht wäre das aber ein Anfang.
Anna schaut auf. Ihre braunen Augen blicken Jan traurig an.
Anna: Du und zuhören?
Jan: Vielleicht gehört Zuhören nicht zu meinen Stärken, aber.
Anna fällt Jan ins Wort: Ganz früher schon.
Jan: Ja? Dann besteht doch Hoffnung, dass ich es noch nicht ganz verlernt habe. Also, ich höre dir zu. Wie gesagt, vielleicht wäre das ein Anfang.
Anna: Vielleicht wäre das ein Anfang.
Sie schauen sich in die Augen. Für einen Moment scheinen ihre Blicke aneinander hängenzubleiben.

Anna: Ich dachte, ich hätte mich verliebt.
Jan möchte dazwischen fragen, wieso, in wen, kämpft, sich zusammenzureißen, schafft es. Er bleibt still und hört weiter zu.
Anna: In mir sieht es einfach nur noch chaotisch aus. Ich weiß nicht mehr, wo ich stehe.
Kurze Pause. Jan bemüht sich weiter nur zuzuhören.
Anna: Gerade weil es so Hals über Kopf begonnen hat, dachte ich, es wäre nichts anderes als ein kurzer, aufmunternder Zeitvertreib. Dabei kann ich noch nicht einmal sagen, was mich an ihm überhaupt angezogen hat. Und ich weiß nicht warum, aber irgendwie ging es immer weiter. Vielleicht habe ich einfach die Nähe von irgendjemandem gebraucht, ohne es am Anfang zu wissen. Jetzt, da mir das bewusst geworden ist und er es auch gemerkt zu haben scheint, hat er mich fallen lassen. Er spricht nicht mehr mit mir und behandelt mich wie Luft.
Wieder kurze Pause. Jan presst die Lippen zusammen.
Anna: Und ich verstehe einfach nicht, dass ich so einem Arsch, der mich sonst eigentlich nie interessiert hätte, jetzt auch noch nachweinen muss. Warum muss mir das denn passieren? Bin ich nur dazu gut, sich mit mir kurzzeitig zu vergnügen und sobald sich Gefühle einmischen, stößt man mich weg?
Jan: Es liegt nicht an dir. Dieser Typ scheint nicht nur ein Arsch zu sein, sondern auch ziemlich blöd, wenn er dich einfach so sausen lässt. Ich weiß das, glaub mir.
Anna: Dass wir zusammen arbeiten, macht es noch schlimmer. Ich versuche schon extra mich für andere Tage einteilen zu lassen, so dass ich ihm nicht begegnen muss.
Jan: Klappt das?
Anna: Das aus dem Weg Gehen schon. Aber besser fühle ich mich trotzdem nicht.

Beide sitzen sich immer noch gegenüber. Jan überkommt das Gefühl, dass er Anna in den Arm nehmen möchte. Er versucht, sich nichts anmerken zu lassen. Seine Augen sind auf Annas Gesicht gerichtet, sie blickt erneut auf die Tischplatte vor sich. Plötzlich schaut auch sie wieder auf. Ihre Blicke treffen sich, scheinen sich zu verknoten.

20

Eisbein und Kompott

„Ein Liegendtransport. Der kann in die Zwei“, hörte Jan plötzlich Schwester Sabine von weitem rufen. Er schaute den Flur entlang in Richtung Anmeldung und sah dort zwei Feuerwehrleute in ihrem dunkelblauen Dress stehen, mit einem alten Mann im Schlepptau, der festgeschnallt auf der Liege lag und mühsam versuchte den Kopf anzuheben und ihn von links nach rechts und zurück zu wenden. Sie fuhren den Patienten in den Behandlungsraum zwei. Dabei kamen sie Jan in seinem Arztzimmer ein Stück entgegen, so dass er für einen kurzen Moment tief in das faltige Gesicht des Mannes blicken konnte. Die Augen des Greises huschten hinter seiner Brille aufgeregt, beinahe verängstigt umher.
Jan hörte bequem von seinem Stuhl aus zu, wie die beiden Feuerwehrmänner den Mann mit einem angestrengten Stöhnen auf die Behandlungsliege hoben. Schwester Manja ging in den Raum hinterher. Die Feuerwehrmänner kamen wieder heraus. Jan schaute ihnen zu, wie sie ihre Liege zum Ausgang schoben. Als sie seinem Blick entschwunden waren, konnte er immerhin noch hören, wie sich das Gestell der Liege beim Einladen in den Rettungswagen zusammenklappte. Er hörte, wie Türen an dem Fahrzeug geschlossen und andere dafür geöffnet wurden. Das Geräusch des startenden Motors vernahm er nicht mehr, denn jetzt stand Manja wieder mit einem Klemmbrett unter dem Arm neben ihm und schien seine volle Aufmerksamkeit zu verlangen.
„Jan, also pass auf, zu dem neuen Patienten. Jan! Jan!“ sagte Manja immer lauter werdend.

„Ja? Was ist?“ erwiderte Jan, der nur das letzte „Jan!“ wirklich gehört hatte, gelassen.
„Erde an Jan.“
„Ja?“
„Wo bist du denn nur mit deinen Gedanken?“
„Weiß nicht. Wieso?“
„Du wirkst etwas abwesend?“
„Ehrlich?“
„Ehrlich. Also, zu dem Patienten. Jan!“
„Ja, ich höre dir doch zu“, erwiderte er, entgegen seinem immer noch verträumten Gesichtsausdruck.
„Gut“, sagte Manja. „In der Zwei liegt ein Herr Scholz aus dem Heim. 85 Jahre alt. Die Feuerwehrleute sind wegen starker Bauchschmerzen zu ihm gerufen worden. Die hat er angeblich seit dem Nachmittag. Jetzt nachts ist es schlimmer geworden. Der Kreislauf ist stabil. Fieber hat er nicht.“
„Hat er was von den Bauchschmerzen auch zu dir gesagt?“
„Nein, zu mir hat er eigentlich gar nichts gesagt. Er wirkt ein bisschen scheu.“
„Kann man sich denn mit ihm überhaupt unterhalten?“
„Ich glaube, dement ist er nicht.“
„Und hast du schon Blut abgenommen?“
„Klar. Die Röhrchen liegen auf dem Laborschein beim Patienten im Zimmer. Streich mal an, was du brauchst, dann bringe ich es gleich runter zum Labor.“
„Danke.“

Jan betrat den Behandlungsraum und begrüßte den alten Mann, der zwar von der Liege aus in seine Richtung schaute, aber sonst keine verwertbare Reaktion zeigte. Da Manja noch auf dem Flur wartete, kümmerte sich Jan zunächst um den Laborschein. Er machte einige Striche darauf, legte anschließend die

Röhrchen und den Zettel in die bereitstehende Nierenschale aus Pappe und reichte sie Manja, nicht ohne sich noch ein weiteres Mal bei ihr für den Gang ins Labor zu bedanken. Dann wandte er sich wieder dem Patienten zu.
Jetzt erst, als er so dicht vor ihm stand, bemerkte Jan das verbogene, silberne Gestell der Brille sowie die vielen Flecken und Abdrücke auf den Gläsern.
„Wie geht es Ihnen denn, Herr Scholz? Hallo? Herr Scholz?“ fragte Jan.
Der alte Mann, dessen Blick zwar allem Anschein nach auf Jans Gesicht ausgerichtet war, reagierte immer noch nicht.
„Herr Scholz? Hallo? Können Sie mich denn hören?“ versuchte es Jan erneut, langsamer und lauter.
„Ich bin zwar nicht Herr Scholz, aber ich kann dich immerhin hören“, rief ihm Schwester Sabine von der Anmeldung aus zu, während Herr Scholz selbst ihn nur weiter schweigend durch seine fleckigen Brillengläser anzustarren schien.
„Ha ha!“ rief Jan zu Sabine, und noch etwas lauter zu dem Patienten: „Herr Scholz, können Sie denn durch Ihre Brille überhaupt noch etwas sehen?“
Wahrscheinlich sieht er so gut, wie er hört, dachte Jan, fast nichts mehr. Er beugte sich mit seinem Kopf dicht über das rechte Ohr des Patienten. Dann legte er die Hände trichterförmig um seinen Mund und hoffte auf eine Antwort.
„Herr Scholz?“ brüllte Jan.
„Ja?“ kam es zitterig zurück. Na endlich, dachte Jan.
„Mit dem Hören ist es wohl nicht mehr so gut?“ fragte Jan, die Lautstärke beibehaltend.
„Ja?“ brachte der Patient wieder hervor. Schon wieder ja - jetzt kommt zwar akustisch was an bei dem alten Mann, aber er versteht es vielleicht trotzdem nicht,

begann Jan zu grübeln. Bis er merkte, dass der Patient mit einer Hand in der Jackentasche seines weichen Nicki-Hausanzugs nestelte. Der Mann zog die Hand wieder heraus. Zum Vorschein kam ein Hörgerät, das der Patient leider schon einschaltete, bevor er den Weg in seine Ohrmuschel fand. Nachdem das durchdringende Piepen verklungen war, wagte Jan einen erneuten Vorstoß.

„Und? Hören Sie mich jetzt besser?“ fragte er.

„Ja.“

„Na gut, Herr Scholz. Sie haben Bauchschmerzen, habe ich gehört?“

„Ja.“ Nein, immer noch bloß dieses Ja, dachte Jan.

„Wo tut es Ihnen denn genau weh?“

„Hier unten“, sagte der Patient endlich einmal etwas anderes und fuhr sich mit den Händen über den gesamten Bauch.

„Und seit wann tut es weh?“

„Es tut immer wieder mal weh.“

„Immer wieder mal?“

„Ja, schon länger. Nur so schlimm wie heute Nacht war es noch nie.“

„Wie es ist mit dem Stuhlgang?“

„Der könnte vielleicht ein bisschen häufiger sein.“

„Wann hatten Sie denn das letzte Mal?“

„Gestern, nein, vielleicht vorgestern, oder den Tag davor, oder nicht? Ich kann mich nicht mehr so genau erinnern.“

„Kein Problem, Herr Scholz. Das kann ja jedem einmal passieren. Gab es denn gestern und die Tage zuvor eigentlich etwas Besonderes bei Ihnen im Heim zu essen?“

„Zu essen? Na ja, nein, eigentlich doch nicht. Was gab es denn zu essen?“

„Weiß ich auch nicht. Das habe ich Sie ja gefragt. Aber egal. Ich werde Sie jetzt einmal kurz untersuchen."

Jan setzte sich das Stethoskop auf und fing an, den Patienten abzuhorchen. Bei Herz und Lungen, die unauffällig klangen, hielt er sich nicht lange auf. Über dem gebläht wirkenden Bauch, der sich auch beim Abtasten ziemlich prall anfühlte, war durch das Stethoskop nicht viel zu hören. Jan wertete es als gutes Zeichen, dass der alte Mann trotz des tiefen Drucks in den Bauch, vor Schmerzen nicht an die Decke sprang. Hier und da gab der Patient ein langgezogenes Stöhnen von sich, mehr aber auch nicht.
Es bot sich an, das Ultraschallgerät erneut zu nutzen. Selten hatte Jan in seinen Nachtdiensten so regelmäßig davon Gebrauch gemacht wie heute. Ausnahmsweise blieb ihm heute auch genug Zeit dafür. Aufgrund des geblähten Bauches erwartete er nicht viel zu sehen. Und so sah er auch nicht wirklich viel. Jede Menge Luft im Darm behinderte die Sicht. Auch das tiefe Eindrücken des Schallkopfes schaffte keine wesentliche Verbesserung des Bildes. Jan gab es auf.
Die Ultraschalluntersuchung hatte zwar keinen wirklichen diagnostischen, dafür aber anscheinend einen therapeutischen Wert. Durch das kräftige Drücken schienen die Luftmassen im Darm des alten Mannes in Bewegung zu geraten, was man zu Jans Wohlwollen mehr hören als riechen konnte.

Erleichtert registrierte Jan, dass am Klemmbrett auch noch ein Pflegeüberleitungsbogen aus dem Heim hing. Manchmal war das nützlich. Er wählte die Nummer des Pflegeheims.

„Wohnbereich Lavendel, Tatjana am Apparat“, begrüßte ihn eine streng klingende Stimme mit osteuropäischem Akzent.
„Fromholz, hallo. Ich rufe aus der Rettungsstelle an.“
„Ach, wegen Herrn Scholz, stimmt's?“ klang es schon etwas freundlicher.
„Stimmt. Können Sie mir ein bisschen mehr zu ihm sagen?“
„Nicht viel wahrscheinlich. Ich kenne ihn auch erst seit gestern Nacht. Ich bin neu als Leasing-Schwester hier.“
„Schön. Seit wann äußert Herr Scholz denn Bauchschmerzen?“
„Das hat wohl schon zum Kaffee heute Nachmittag angefangen, wurde mir übergeben. Nur jetzt ist es immer schlimmer geworden.“
„Und sonst? Hat er erbrochen? Oder Durchfall gehabt?“
„Nein, sonst war nichts, glaube ich.“
„Wann hat er das letzte Mal Stuhlgang gehabt?“
„Warten Sie, da muss ich mal zur Akte gehen und gucken.“
Jan wartete. Rascheln, Schritte, Rascheln, Knacksen. Das Warten fühlte sich für ihn an wie fünf Minuten, es war aber nicht einmal eine.
„Also“, fuhr sie endlich fort, „der letzte Strich für Stuhlgang wurde vor sechs Tagen in die Akte eingetragen.“
„Okay.“
„Ich lese hier gerade noch vom Frühdienst, dass Herr Scholz schon nach dem Mittag Unwohlsein und Bauchkrämpfe angegeben hat.“
„Was gab es denn zum Mittag?“
„Warten Sie, ich gucke. Grünkohl mit Eisbein und Kartoffeln.“

Jan bedankte sich für die mehr oder weniger hilfreichen Informationen und legte auf. Da er immer noch bei dem Patienten im Zimmer stand, fragte er sich, ob dieser mitgehört hatte.
„Sie haben den Grünkohl und das Eisbein von heute Mittag wohl nicht so gut vertragen, habe ich gerade aus dem Heim erfahren", griff Jan die letzte Information auf.
„Was?" fragte der Patient. Dann hat er wohl nicht mitgehört, dachte Jan.
„Den Grünkohl und das Eisbein von heute Mittag haben Sie wohl nicht vertragen?" fragte Jan lauter.
„Grünkohl und Eisbein? Stimmt, das gab es zum Mittag. Und Zwetschgenkompott mit Walnüssen als Nachtisch. Jetzt weiß ich es wieder."
„Davon kann man ja schon beim Zuhören Bauchschmerzen bekommen", scherzte Jan.
„Ja, das war vielleicht ein bisschen viel. Der Grünkohl, das Fleisch, die Nüsse. Obwohl, Walnüsse kann ich vertragen. Erdnüsse schlagen mir auf den Magen. Oder war es anders herum?"
„Weiß ich auch nicht. Ich kenne ja nicht Ihren Magen."
„Mit Nüssen ist das aber auch so eine Sache", begann der alte Mann plötzlich unerwartet weitschweifig zu werden. „Als Kind hatte ich einmal welche gegessen, Haselnüsse, glaube ich. Und die schmeckten so gut damals, da steckte ich mir immer mehr in den Mund und kaute ganz hastig. Bis ich dann eine Mandel verschluckt hatte."
„Ich dachte, es waren Haselnüsse", meinte Jan.
„Richtig, Haselnüsse. Ich hatte dann für einige Stunden das Gefühl, nicht richtig durch die Nase atmen zu können, als wenn sie verstopft gewesen wäre. Bis ich mich dann einmal schnäuzte und ein großes Stück Haselnuss im Taschentuch hatte."

„Dann konnten Sie dieses Stück Haselnuss wenigstens noch ein zweites Mal genießen“, meinte Jan spaßeshalber.
„Genau. Beim zweiten Mal habe ich dann aber richtig gekaut.“
„Verstehe“, sagte Jan stirnrunzelnd und widmete sich wieder dem Ernst der Sache. „Es scheint, als wenn Ihr Darm ein wenig träge arbeitet, Herr Scholz. Sie haben wahrscheinlich etwas Verstopfung und deshalb die Beschwerden im Bauch.“
„Verstopfung kenne ich. Die hatte meine Frau früher auch.“
„Die Schwester wird Ihnen gleich einen kleinen Einlauf machen, dann wird es sich in Ihrem Bauch hoffentlich bald besser anfühlen.“

Jan lief zur Anmeldung. Beide Schwestern schienen ihn bereits zu erwarten und Böses zu ahnen. Es war Manja, die schließlich aufstand, um den ungeliebten Einlauf bei dem Patienten zu machen. Jan hoffte, dass diese Maßnahme ihre Wirkung nicht verfehlen würde. Nach manuellem Ausräumen stand ihm nicht gerade der Sinn.
Er überlegte, ob er sich den nächsten Kaffee holen sollte, zog sich zunächst aber ohne in das Arztzimmer zurück. Es dauerte nicht lange, bis er aus dem Behandlungsraum zwei erst ein schwaches, dann stärker werdendes Rufen vernahm.
„Schwester? Hallo? Schwester?“ Unverkennbar Herr Scholz, dachte Jan. Offensichtlich hatte auch Manja ihn endlich gehört, denn sie kam nun wieder zu dem Patienten gelaufen.
„Sabine, bring mal bitte schnell den Egon in die Zwei“, hörte Jan sie rufen. Scheint zu wirken, dachte er zufrieden.

Jan kontrollierte die Blutwerte des Patienten im Rechner, die zwar zum Teil etwas, aber kaum bedrohlich, von der Norm abwichen. Er erledigte den Schreibkram, druckte die Papiere aus und heftete sie an das Klemmbrett. Aus dem Medikamentenschrank nahm er einige Beutel eines Abführmittels als Mitgabe ins Heim. Dann ging er ein letztes Mal zu dem alten Mann, den die Schwestern inzwischen auf den Toilettenstuhl gesetzt hatten.
„Und? Wie geht es Ihnen jetzt?“ fragte Jan.
„Besser! Nein, gut geht es! Das ist ja ein dolles Zeug. Das schlägt vielleicht an. So gut ging das lange nicht mehr mit dem Scheißen“, erwiderte der Patient freudestrahlend.
„Schön! Dann geht es gleich wieder ins Heim, wenn Sie fertig sind. Machen Sie mal ganz in Ruhe. Gute Nacht noch, Herr Scholz“, sagte Jan und ließ Sabine den Krankentransport bestellen.
Zwanzig Minuten später hielt ein Fahrzeug vor der Rettungsstelle an und man holte Herrn Scholz ab. Als er auf dem Weg zum Krankentransportwagen an der Anmeldung vorbeigeschoben wurde, hörte Jan ihn die Schwestern fragen, ob sie denn meinten, dass es schon Frühstückszeit wäre, weil er Hunger hatte.
Ob es nun Hunger war oder doch eher an seinem ungeordneten Tag-Nacht-Rhythmus lag, bei Jan meldete sich das flaue Gefühl im Magen allmählich wieder stärker zurück. Jenes seltsame Gefühl hatte sich bei ihm ebenso wie die chronische Erschöpfung eingenistet. Obwohl er heute nicht viele Patienten gesehen hatte, reichte es ihm trotzdem schon wieder. Dass die Patienten in dieser Nacht bisher einzeln hintereinander erschienen waren und nicht wie gewöhnlich, ständig zwei oder drei auf einen Schlag,

erstaunte ihn. Abgeschlagen wie sonst fühlte er sich dennoch.

21

Das silberblaue Taxi

Das Laub unter ihm fühlte sich immer nasser und kälter an. Trotzdem war Baumgartner nach wie vor unfähig, sich von diesem unbehaglichen Platz zu erheben. Er verlor sich weiter in verzweifelten Gedanken wegen seiner Hand. So viel von seinem Blut hatte er noch nie gesehen. Auch der Blick auf das eigene rote Fleisch, das sich ihm unter seiner zerfetzten Haut offenbarte, war ihm bisher in seinem Leben erspart geblieben.
Baumgartner stand unter einer angsterfüllten Spannung, die ihn, so sehr er sich es gewünscht hätte, auch nicht auf dem unbequemen Bett aus alten, von Modergeruch erfüllten Blättern einschlafen lassen wollte. Kalter Schweiß stand auf seiner Stirn, sein Herz raste, sein ganzer Körper schien zu zittern. Baumgartner bemerkte nicht, wie ein silberblauer VW langsam an ihn heran rollte und direkt vor ihm zum Stehen kam. Vielleicht lag es an dem für Baumgartner subjektiv empfundenen starken Blutverlust, an seinem nach innen gerichteten Tunnelblick auf die eigene Ausweglosigkeit oder auch an seiner kurz bevorstehenden Unterzuckerung, bedingt durch die begrenzte Nahrungszufuhr in den letzten vierundzwanzig Stunden in unglücklicher Kombination mit der extremen nächtlichen körperlichen Aktivität als er den unbekannten Mann zusammengeschlagen hatte, dass er die vor seinen Augen haltende Polizeistreife nicht zu erkennen vermochte.
Auf der Beifahrerseite kurbelte jemand das Fenster herunter. Baumgartner wurde angesprochen, hörte aber nichts. Fahrer- und Beifahrertür des VWs öffneten sich. Zwei Polizisten stiegen aus und gingen vorsichtig auf

Baumgartner zu. Der jüngere bückte sich zu ihm hinunter, umfasste mit festem Griff seinen linken Oberarm, rüttelte ihn etwas durch und sprach ihn noch einmal an. Es dauerte eine gewisse Zeit, bis das kraftvolle Rütteln und die Worte des Polizisten endlich bis zu Baumgartners Bewusstsein vordrangen.
„Hallo Sie! Hallo! Was machen Sie denn hier? Hallo! Können Sie mich verstehen?“
„Ja. Ja, doch“, erwiderte Baumgartner zögerlich und geschwächt.
„Alles in Ordnung mit Ihnen?“
„Ja. Es geht so.“
„Wie lange sitzen Sie denn schon hier? Sie sind ja eiskalt.“
„Ich weiß es nicht.“
„Was ist denn da passiert?“ fragte der Polizist, auf Baumgartners verletzte Hand deutend.
„Ich glaube, das Laub war so nass und glatt. Ich muss ausgerutscht und dann irgendwie gestürzt sein“, antwortete Baumgartner zögerlich.
„Das sieht aber nach etwas mehr als einem einfachen Sturz aus.“
„Finde ich auch“, zeigte sich Baumgartner bestrebt, auf den aufmerksamen Polizisten einzugehen. „Ich glaube, ich bin auf Glasscherben oder so gefallen. Es liegt ja genug Zeug und Müll rum hier auf den Straßen.“
Die beiden Polizisten schauten sich kurz um in ihrem Revier und kamen nicht umhin, zustimmend zu nicken.
„Was haben Sie denn eigentlich hier in dieser Gegend zu tun gehabt?“
„Etwas frische Luft geschnappt. Bis ich gestürzt und hier hängen geblieben bin.“
„Luft geschnappt? Um diese Zeit?“
„Mache ich regelmäßig. Sollten Sie vielleicht auch einmal tun. Um den Kopf frei zu kriegen. Am besten

geht es, wenn man allein durch die Stadt läuft. Und wann ist man hier besser allein als nachts?"
„So können Sie hier aber nicht bleiben. Sie müssen mit Ihrer Hand ins Krankenhaus. Haben Sie jemanden, den wir verständigen sollen?"
„Nein, ich habe niemanden."

Der jüngere Polizist griff Baumgartner unter die Arme und half ihm auf. Der ältere Kollege öffnete die rechte hintere Autotür. Baumgartner nahm auf der Rückbank Platz. Er hatte keine Einwände dagegen, dass ein Arzt seine Hand sehen und versorgen würde. Die Polizisten chauffierten ihn ohne Blaulicht und ohne Martinshorn zu einem nah gelegenen Krankenhaus, das er ebenso wenig wie die Gegend kannte.
Seine überschwängliche Dankbarkeit ob dieser unerwarteten Hilfeleistung versuchte Baumgartner während der kurzen Fahrt ebenso still für sich zu behalten wie seine sich unvermeidlich erhebende Nervosität. Er kannte noch einen anderen guten Grund, weshalb er hier auf dieser Rückbank des Peterwagens hätte sitzen können. So unvorstellbar vorteilhaft, wie sich die Dinge jetzt anscheinend für ihn entwickelten, kamen in Baumgartner leise Zweifel an der Authentizität seines Erlebten auf. Er war in der letzten Zeit zu vielen Rückschlägen ausgesetzt gewesen, als dass er einem derartigen Schicksalsverlauf zu seinen Gunsten blind Glauben schenken wollte.
Nach kurzer Fahrt parkte der ältere Polizist den Streifenwagen vor dem Eingang der Rettungsstelle. Der Jüngere war dem noch schwachen Baumgartner beim Aussteigen behilflich und diente ihm auch als gefällige Stütze, als sie den Anmeldebereich betraten.

Schon wieder Polizei, dachte Jan, als er den neuen Patienten mit der besonderen Begleitung kommen sah. Sind das nicht sogar die beiden von vorhin, fragte er sich. Schon immer hatte er Schwierigkeiten gehabt, sich flüchtig gesehene Gesichter tief genug einzuprägen, um sie auch wiederzuerkennen.
Dieses Mal beschlich ihn jedoch nicht der Eindruck, dass sich hinter dem polizeilichen Bringdienst unbedingt ein psychiatrisches Problem verbarg. Von seinem Stuhl im Arztzimmer aus beobachtete Jan, wie der Mann an der Anmeldung eine blutüberströmte Hand hochstreckte. Offenbar hatte Sabine den Patienten zügig im System aufgenommen, denn nun war sie mit ihm bereits in den OP-Raum unterwegs.
Arme Alex, dachte Jan in dem Bewusstsein, seine chirurgische Kollegin allem Anschein nach gleich wieder wecken zu müssen. Und jetzt auch noch mitten in der Nacht. Er erinnerte sich aber an die Worte von Alexandra und wollte sich, bevor er sie anrufen würde, zunächst selbst einen Überblick verschaffen.
Schwester Sabine hatte auf die verletzte Hand ein paar sterile Kompressen gelegt und war dabei, sie notdürftig mit Mullbinde zu umwickeln, als Jan in den OP-Raum kam. Er begrüßte kurz Baumgartner. Man stellte sich gegenseitig vor. Dann wandte Jan sich an Sabine.
„Warte. Lass mich noch kurz drauf schauen, bevor du alles so schön eingepackt hast“, sagte er.
„Dann aber schnell, ich war schon fast fertig. Das muss sowieso genäht werden“, entgegnete Sabine. Jan beäugte die Hand.
„Das sieht ja gefährlich aus. Da hast du wohl wieder einmal recht mit dem Nähen, Sabine“, schmeichelte Jan. „Wie haben Sie das denn geschafft?“ fragte er Baumgartner.

„Ich bin ausgerutscht und, so ungünstig wie es aussieht, beim Abstützen mit der Hand wohl auf Scherben gelandet", antwortete dieser.
„Ist auch kein Wunder, dass man jetzt wieder ausrutscht, bei den nassen und rutschigen Wegen draußen", pflichtete Sabine ihm bei.
„Dann werde ich mal die chirurgische Kollegin anklingeln", sagte Jan und griff zu seinem Diensthandy.
„Adler?" meldete sich Alexandra mit schläfriger Stimme, nachdem unzählige Freitöne vergangen waren. Jan konnte nicht umhinkommen, für einen Moment selbst wieder neidvoll an ein Bett zu denken. Es musste noch nicht einmal mehr sein eigenes sein.
„Sorry Alex, ich bin es leider nochmal, Jan", sagte er.
„Was gibt es denn jetzt schon wieder?" fragte sie. Es war für Jan aufgrund Alexandras zurückhaltender Begeisterung nicht zu überhören, dass sich ihre Motivation noch im Tiefschlaf befand.
„Ich habe hier noch einen Patienten für dich. Mehrere Schnittverletzungen an der Hand."
„Wie spät ist es eigentlich?"
„Warte", sagte Jan und schaute auf die Uhr. „Viertel nach vier."
„Okay, ich bin gleich da", sagte sie, nun schon wacher klingend.

Noch bevor bei Jan das Gefühl aufkommen konnte, untätig warten zu müssen, sah er Alexandra bereits zügigen Schrittes in den OP-Raum treten. Das kurze Telefongespräch mit ihr hatte ihn ein anderes Gangbild erwarten lassen. Die Aussicht jedoch, die Verletzung schnell nähen und sich gleich wieder ins Bett legen zu können, spornte sie anscheinend an. Ihre Augen blickten trotzdem noch müde.

Alexandra ließ Schwester Sabine den OP-Tisch vorbereiten. Aus Mangel an Aufgaben und auch aus Interesse an der Wundversorgung, blieb Jan erneut im Raum. Alexandra begann die verbliebenen Glassplitter zu entfernen, die Wunden zu säubern und zu spülen. Genauso akkurat wie bei Holga zuvor, verschloss sie schließlich die einzelnen Wunden. Dieses Mal benötigte sie einige Stiche mehr. Die vielen kleinen Verletzungen von Baumgartner lagen zu verteilt über der Handfläche und dem zweiten und dritten Finger.
„Da haben Sie wirklich Glück gehabt, dass Sie sich nicht auch noch eine Sehne verletzt haben“, warf Alexandra am Ende ihrer Näharbeit ein.
„Das wird also alles wieder werden, meinen Sie?“ fragte Baumgartner.
„Ich denke schon. In zehn Tagen können die Fäden entfernt werden. Sie sollten sich aber schon einmal morgen zur Wundkontrolle bei einem ambulanten Chirurgen vorstellen“, antwortete sie, während Schwester Sabine den Wundverband anlegte.
„Das werde ich machen. Ich danke Ihnen“, sagte Baumgartner mit einem deutlichen Aufatmen zu Alexandra. Die Verzweiflung der letzten Stunden hatte er allem Anschein nach draußen auf dem Laubhaufen zurückgelassen.
„Wie sieht es denn mit dem Tetanusschutz bei Ihnen aus?“ wollte Alexandra noch wissen.
„Das kann ich jetzt nicht mit Sicherheit sagen.“
„Das ist schlecht. Den Impfpass werden Sie ja nicht dabei haben, schätze ich?“
„Nein. Ich weiß gar nicht, ob ich so etwas überhaupt habe.“
„Und wenn Sie mal kurz nachdenken. Können Sie sich denn an eine Impfung beim Hausarzt oder sonst wem in der letzten Zeit erinnern?“

„Nein, ich gehe eigentlich auch nicht zum Arzt. Nur heute hatte ich offensichtlich keine andere Wahl.“
„Sieht so aus. Dann hatten sie vermutlich früher auch noch keine Verletzung, die chirurgisch versorgt werden musste?“
„Hatte ich nicht. Das weiß ich sogar sicher.“
„Immerhin“, bemerkte Alexandra.
„Moment, so sicher bin ich mir doch nicht. Vor Jahren im Skiurlaub in Österreich war ich einmal in so einer kleinen Dorfklinik. Das muss sieben oder acht Jahre her sein“, fiel es Baumgartner wieder ein.
„Sind Sie so ein waghalsiger Abfahrer?“
„Das überlasse ich mal Ihrer Phantasie. Verletzt hatte ich mich aber nicht auf der Piste, sondern im Hotel. Ich war im Bad mit meinem Fuß an einer Kante hängengeblieben, mit einer unansehnlichen Risswunde als Folge.“
„Und?“
„Ich meine, dass die Wunde auch genäht wurde. Und die Frage nach meiner letzten Tetanusimpfung war ebenfalls aufgetaucht, ohne dass ich sie hätte beantworten können.“
„Dann wurden Sie also damals geimpft?“
„Minimale Restzweifel bestehen, aber doch, ja. Doch, ziemlich sicher.“
„Wunderbar. Dann wird Ihnen die Schwester gleich noch eine kleine Spritze in den Oberarm geben müssen. Hast du gehört, Sabine? Tetanusauffrischung.“ Sabine nickte. „Das halten Sie aber auch noch aus, glaube ich“, sagte Alexandra.
„Wenn Sie das glauben, wird es so sein“, gab Baumgartner zurück.
„Also, alles Gute noch! Ich muss dann mal wieder“, sagte Alexandra zu Baumgartner. Und charmant

lächelnd zu Jan: „Schreibst du ein paar Zeilen zu dem Patienten auf? Du hast ja lange genug zugeschaut."
„Klar, mache ich", sagte er, nicht fähig, ihr das bei diesem Lächeln abzuschlagen. „Ich hoffe, dass es das war für dich heute Nacht", schickte Jan ihr noch mit auf den Weg.
„Hoffe ich auch. Streng dich an!" merkte sie augenzwinkernd an. Jan sah hinter ihr her. So eilig wie sie in die Rettungsstelle gekommen war, verschwand sie auch wieder.
„Ich gehe einen kurzen Bericht für den ambulanten Arzt schreiben", sagte Jan dann zu Baumgartner. „Wenn das und die Tetanusimpfung erledigt sind, können Sie wieder gehen, wenn Sie sich so weit gut fühlen."
„Ich fühle mich blendend. Ich habe mich selten besser gefühlt", erwiderte Baumgartner. Soll wohl witzig sein, dachte Jan und verließ den OP-Raum.

Im Arztzimmer schrieb Jan den Bericht. Allzu lange hielt er sich damit nicht auf. Das Angenehme an solchen chirurgischen Fällen war, dass sie schnell erledigt waren und die Patienten zufrieden nach Hause entlassen werden konnten. Das kam Jans grundsätzlicher Arbeitsweise sehr entgegen. Vielleicht wäre Chirurgie statt Innere Medizin für ihn eine bessere Wahl gewesen, dachte er. Aber als er sich vor Augen führte, wie ausgelaugt eigentlich auch Alexandra aussah, fragte er sich vielmehr, ob die Arbeit im Krankenhaus überhaupt noch das Richtige für ihn war.
Jan lieferte die Papiere zu Baumgartners Fall bei Manja an der Anmeldung ab.
„Der Patient kann dann gehen. Falls die Impfung schon gelaufen ist", sagte er.

„Sabine ist noch dabei“, entgegnete Manja. „Was macht eigentlich unser Freund im Ausnüchterungsraum? Man sieht auf dem Bildschirm so wenig, wenn das Licht aus ist.“
„Oh! Gut, dass du es sagst. Ich schaue gleich bei ihm rein. Ich hole mir nur noch schnell einen Kaffee.“
„Nicht, dass du noch einen Herzkasper kriegst von so viel Kaffee“, witzelte Manja.
„Ohne den ganzen Kaffee würde mein Herz vor Erschöpfung wahrscheinlich gar nicht mehr schlagen.“

Jan füllte sich den nächsten Becher mit Kaffee. Trotz nachlassender Feinmotorik mit fortschreitender Dienstzeit war es ihm gelungen, dieses Mal nur einen Becher zu erwischen. Er griff ihn von oben am Rand und hoffte, sich auf dem Weg zum Arztzimmer nicht zu verbrennen. Den Becher so haltend trottete er behutsam los. Vor der angelehnten Tür zum Ausnüchterungsraum blieb er stehen. Er horchte. Plötzlich ein schriller Schrei. Klang beinahe wie bei Hitchcock, Psycho oder so, dachte Jan. Wieder der Schrei. Es ist Psycho. Er drehte sich um und schaute den Flur entlang zurück. Die Schreie schienen von der Anmeldung zu kommen.
„Was ist denn da los?“ wunderte sich Jan aus vollem Hals.
„Ist nur mein Handy. Hab neue Nachrichten bekommen“, rief Manja zurück und sorgte bei ihm für Aufklärung.
Jan hielt seinen Kopf ein Stück näher an den offenen Türspalt heran und versuchte, erneut zu horchen.
„Nicht so schüchtern! Kommen Sie ruhig rein“, hörte er unverhofft Holga sagen. Jan drückte die Tür langsam auf. Das grelle Licht vom Flur begann den dunklen Ausnüchterungsraum zu fluten. Jan sah, wie Holga die Augen zusammenkniff.

„Etwas gedämpfteres Licht fände ich besser“, merkte Holga an.
„Ich hätte es auch lieber dunkel und würde mich hinlegen und schlafen, glauben Sie mir“, konterte Jan.
„Wie geht es Ihnen denn?“
„Ich muss mal pinkeln.“
„Schaffen Sie es alleine?“
„Das Pinkeln? Das kriege ich noch hin. Aber vielleicht können Sie mir ein bisschen hoch helfen.“
„Wenn Sie mich so nett bitten. Dann muss ich aber mal das Licht anschalten, sonst sehe ich nichts“, sagte Jan.
Er nahm die Infusion, die längst durchgelaufen war, ab und half Holga, dem seine Schmerzen bei jeder Bewegung augenscheinlich immer noch etwas zu schaffen machten, von der Liege aufzustehen und die wenigen Schritte bis zur Toilettenschüssel zu gehen.

Baumgartners Hand war verbunden und er fühlte sich gut. Auch die Impfung hatte daran nichts geändert. Noch besser hätte er sich aber ohne das dringende Bedürfnis gefühlt, dass ihn nun plagte.
„Wo finde ich hier die Toilette, bitte?“ fragte er höflich Schwester Sabine, die noch im OP-Raum aufräumte.
„An der Anmeldung vorbei und dann den Flur gerade aus weiter, fast bis zum Ende“, antwortete sie.
Baumgartner machte sich auf die Suche.
„Herr Baumgartner, Sie können dann jetzt gehen. Ihre Papiere liegen schon hier“, bemerkte Schwester Manja, als er den Anmeldetresen passierte.
„Ausgezeichnet. Ich hole sie mir gleich ab. Ich muss nur schnell einmal austreten.“
„Immer den Flur entlang und dann auf der rechten Seite“, beschrieb ihm auch Manja den Weg.
Dank der genauen Beschreibung konnte Baumgartner die Toilette nicht verfehlen. Endlich tauchte rechts das

WC-Schild auf. Links gegenüber stand eine Tür halb offen. Unbewusst blickte Baumgartner flüchtig in den Raum hinein. Jan hatte eine Hand stützend unter Holgas linken Oberarm geschoben. Vorsichtig bewegten sie sich auf die Sanitärkabine zu.
Ungläubig drehte Baumgartner seinen Kopf weg. Er sah ein zweites Mal hin. Ein drittes Mal. Sein Hals schnürte sich zu. Sein Magen drehte sich um. Er glaubte zu ersticken. Sein Herz schlug mit einer Wucht und in einem Tempo, dass es beinahe in seinem Brustkorb zu zerbersten drohte. Das gute Gefühl hatte Baumgartner wieder verlassen. Verzweiflung und Panik füllten ihn aus. Obwohl er sein dringendes Bedürfnis beinahe vergessen hatte, flüchtete er sich in die Patiententoilette zu seiner Rechten. Er schloss sich ein.
Baumgartners Zweifel an der Authentizität des Erlebten waren verflogen. Er erinnerte sich an die Haltestelle, den Obdachlosen, das Gesicht, die Flasche, seine Schläge, seine Tritte. Seine verflogene Euphorie. Er fühlte sich wieder wie auf dem Haufen aus altem Laub. Einsam, gefangen in seiner Ausweglosigkeit.
Baumgartner versuchte nachzudenken. Darüber, was er tun sollte. Seine zunehmende, heftige Anspannung verhinderte jedoch das Fassen eines klaren Gedanken. Er traute sich nicht, die Toilette zu verlassen. Hinter der verschlossenen Tür sank Baumgartner auf den kalten, weißen Fliesenboden und geriet immer tiefer in einen Strudel der Ohnmacht.

22

Unter vier Augen

„Ich warte draußen vor der Tür“, sagte Jan, als er mit Holga die Toilettenschüssel erreichte. Holga setzte sich hin. Jan nahm seinen Kaffeebecher, den er auf einer schmalen Wandleiste abgestellt hatte, wieder in die Hand.
„Aber lassen Sie mich hier nicht zu lange sitzen. So lange dauert das Pinkeln bei mir nicht“, meinte Holga, ohne dass Jan diese zusätzliche Information gebraucht hätte.
„Sie können ja einmal laut ‚fertig‘ rufen, dann werde ich Ihnen gleich wieder zur Liege helfen.“
„Kann ich machen.“
Jan trat auf den Flur zurück und zog dabei die Tür etwas zu sich heran, bis sie nur noch einen Spaltbreit geöffnet war. Er wartete.
„Fertig!“ meldete sich Holga.
Jan ging in den Ausnüchterungsraum zurück. Ohne dieses Mal untergreifen zu müssen, begleitete er Holga zur Liege. Holga legte sich wieder hin und bemühte sich, eine bequeme Stellung zu finden.
„Danke“, sagte Holga, dessen Zustand für Jan ausreichend gebessert schien.
„Immer wieder gerne. Ein bisschen können Sie hier noch bleiben und sich ausruhen.“
„Was heißt ‚ein bisschen‘?“
„Heute Nacht stehen die Patienten bei uns einmal nicht Schlange. Solange so wenig los ist, dürfen Sie den Raum meinetwegen weiter belegen, obwohl Sie meines Erachtens wieder entlassfähig sind.“
„Wie großzügig.“

„Mit der Großzügigkeit wird es vermutlich in zwei oder drei Stunden ohnehin vorbei sein, wenn die Schwestern vom Frühdienst kommen. Die sehen nur ungern Überbleibsel der Nacht vor sich liegen."
„Die zwei oder drei Stunden würde ich aber trotzdem gerne noch buchen."
„Buchen Sie mal."
„Wo Sie doch schon so großzügig sind - hätten Sie vielleicht auch noch einen Kaffee für mich?" fragte Holga mit Blick auf den Becher in Jans Hand. „Der riecht so gut", fügte er noch an und richtete sich wieder auf.
„Glauben Sie mir. Der riecht besser, als er schmeckt."
„Obwohl ich Ihnen das sogar glaube, würde ich trotzdem gerne einen trinken."
„Obwohl Sie an dem Nett Bitten noch etwas feilen könnten, werde ich mal mein Bestes versuchen. Die Schwestern müssen es nicht unbedingt gleich mitbekommen, wie gut Sie hier versorgt werden."
„Sehen die das nicht sowieso? Durch die Kamera?"
„Wahrscheinlich nicht. Eher sehen sie mich den Kaffee holen. Wollen Sie ihn schwarz?"
„Ja. Mit etwas Zucker."
„Warten Sie kurz."

Manja und Sabine saßen dicht nebeneinander an der Anmeldung und führten offensichtlich eine angeregte Unterhaltung. Jan ging an ihnen vorbei zur Kaffeemaschine. Er schenkte sich etwas nach. Dann füllte er einen zweiten Becher, öffnete ein Zuckertütchen, kippte den Inhalt in den Kaffee und rührte mit einem weißen Plastikstäbchen um.
Wieder fasste er die Becher vorsichtig von oben, einen mit jeder Hand. Er versuchte sich, so unauffällig wie möglich, an den Schwestern vorbei zu schleichen.

Vielleicht war es ungünstig gewesen, die Becher fast bis oben hin voll zu füllen. Um nichts zu verschütten, musste er seine Schritte auffällig langsam setzen. Doch Manja und Sabine, denen sonst selten etwas entging, waren anscheinend zu intensiv in ihr Zwiegespräch vertieft, denn Jan vernahm keinen spitzzüngigen Kommentar.
Schritt für Schritt kam er dem Ausnüchterungsraum näher. Er hatte keine Ahnung warum, aber aus einem unbestimmten Grund fand er Holga sympathisch. Er betrat den Raum und reichte ihm den Becher mit gezuckertem Kaffee.
„Vorsicht, heiß!“ sagte Jan und lehnte sich mit seinem Rücken an die Wand.
„Danke, Doktor!“
„Gerne.“
Beide tranken einen Schluck.
„Sie hatten recht“, sagte Holga.
„Womit?“
„Diese dunkle, herbe Brühe ist durch die Nase besser zu ertragen als durch den Mund.“
„Sehen Sie. Dann inhalieren Sie doch besser, statt zu trinken“, meinte Jan ironisch.
„Nein, ich trinke doch besser. Ich nehme mit, was ich kriegen kann.“
„Das klingt ziemlich verbittert.“
„Anders kann es bei mir auch nicht klingen.“
„Wieso? Sieht Ihr Leben so trübe und düster aus?“
„Aus Ihrer Perspektive sieht mein Leben sicher unendlich trübe und düster aus.“
„Und aus Ihrer eigenen Perspektive?“
„Aus meiner sieht es nicht nur so aus, es fühlt sich auch genau so an, weil es eben so ist. Sie können, denke ich, nicht erahnen, wie es sich so lebt, wenn man nichts mehr hat.“

„Was heißt das, dass Sie nichts mehr haben?"
„Kein Geld, kein Job, keine Bleibe, kurzum keine Würde."
„Ist das Ihr Ernst?"
„Lieber hätte ich Ihnen das vorgeflunkert. Ich habe nur leider nichts mehr, dass ich wegflunkern könnte."
„Vielleicht habe ich das noch alles. Aber auch mein Leben fühlt sich beschissen an. Aus anderen Gründen eben."
„Was meinen Sie denn, wie sich Ihr Leben anfühlen würde, wenn Sie zusätzlich den Job verlieren würden, Ihnen das Geld ausgehen würde, Sie aus Ihrer Wohnung fliegen würden und kein soziales Netz Sie auffangen würde?"
„Weiß ich nicht. Auch noch beschissen. Zumindest würden mich persönlich dann aber wahrscheinlich andere Dinge beschäftigen als jetzt."
„Existentiellere Dinge?"
„Womöglich. Aber was heißt schon existentiell? Sorgen Sie sich denn in Ihrem Fall vordringlich um Ihre Obdachlosigkeit und Ihre Würde? Oder beschäftigt Sie zum Beispiel die Frage, Sie mögen entschuldigen, wo Sie die nächste Pulle auftreiben, nicht mehr?"
„Arbeitslosigkeit, Obdachlosigkeit, der gefühlte Verlust der Würde - das sind existentielle Probleme, die wie eine dicke, schwarze Wolke über mir schweben und kein Licht mehr hindurch lassen. Ich kann es nicht ändern. Wenn ich mir ständig den Kopf darüber zerbrechen würde, hätte ich mich vermutlich schon umgebracht. Und ja, vielleicht, um von diesen großen Problemen abzulenken, suche ich mir ein kleineres."
„Wobei sich anscheinend der Alkohol bei Ihnen inzwischen auch zu einem größeren Problem ausgewachsen hat."
„Wir wollen das mal nicht so pingelig betrachten."

„Gut, es wirkt dem ersten Anschein nach wohl tatsächlich so, als wenn Sie mit Ihren, wie Sie sagen, existentielleren Problemen mir gegenüber auftrumpfen könnten. Meine Sorgen und Probleme klingen vielleicht nicht so gewaltig und lebenswichtig wie Ihre, fühlen sich für mich aber dennoch so an."
„Jetzt bin ich aber neugierig. Was könnten das denn für Sorgen und Probleme sein, die Sie haben? Liebeskummer?"
„Ich weiß nicht, ob das jetzt hier der passende Moment ist, mich vor Ihnen zu öffnen", begann Jan laut zu überlegen.
„Ich habe mich Ihnen doch auch irgendwie offenbart."
Jan schwieg und dachte immer noch nach.
„Also gut", setzte Jan wieder an. „Dann will ich Sie auch an meinen inneren Konflikten teilhaben lassen."
„Was ist das? Freud? Egal, ich höre."
„Wissen Sie, wie es ist, eine Frau zu lieben, sich dann, ohne es zu bemerken, von ihr zu entfernen, sie mit Ihrer Blindheit zu verletzen, ihren Verlust beinahe regungslos hinzunehmen, um dann, wenn alles abgeschlossen und vergessen scheint, zu spüren, dass Sie sie noch immer lieben?" ging Jan diese Frage über die Lippen. Ungläubig hing er an seinen Worten und staunte über sich selbst.
„Hatte ich wohl doch recht. Wenn das nicht nach Liebeskummer klingt."
„Ist das Liebeskummer?"
„So hört es sich an. Oder es ist der November-Blues."
„Nein, den hatte ich schon im Oktober", entgegnete Jan. „Meine Verfassung ist schon länger nicht mehr die beste. Ich dachte immer nur, dass meine Arbeit und die zu vielen Nachtdienste das Problem sind, was mir die vielen Sorgenfalten ins Gesicht eingemeißelt hat", sagte er und dachte zweifelnd, nicht meine Gefühle für Anna.

„Die Arbeit? Auch wenn Sie jetzt einige Nachtdienste leisten müssen, so ist Ihre Perspektive in Ihrem gewählten Beruf als Arzt doch so unglaublich gut, dass es sich lohnt, diese ersten Strapazen mit Blick auf die Zukunft durchzustehen?“
„Wenn man das will, wenn man seine Karriere im Blick hat, sicher, dann lohnt es sich. Wenn man aber weiß, dass man das alles nicht mehr will, weil es einen unglücklich macht, weil es einen zermürbt, was dann?“
„Dann sollte das Finden des eigenen Glücks wichtiger sein, als stur seine Karriere zu verfolgen.“
„Und wenn man das größte Glück schon in den Händen gehalten hatte, es aber achtlos wieder entgleiten ließ? Und das auch noch viel zu spät realisiert, wobei es einem dann mit dieser Erkenntnis noch schlechter geht?“
„Wie heißt sie denn?“
„Anna.“
„Der Punkt ist doch, dass Sie erkannt haben, was Anna Ihnen bedeutet. Früher wäre besser gewesen. Aber besser spät als nie. So bleibt Ihnen die Chance, etwas geradezubiegen.“
„Das ist doch aussichtslos.“
„Es mag aussichtslos scheinen, weil Sie sich womöglich in Ihrer Beziehung wie ein Riesenarsch aufgeführt haben und denken, dass Anna ohnehin nichts mehr von Ihnen will. Aber können Sie das wissen?“
„Äh, nein.“
„Sehen Sie. Dann hören Sie auf, sich ständig selbst zu bemitleiden und zu verunsichern und versuchen Sie Ihre kleine Chance zu nutzen. Sie haben doch nichts zu verlieren. Sie können Anna nur wieder gewinnen.“
„Meinen Sie?“

„Den Versuch ist es wert. Fragen Sie mich aber nicht, wie Sie es anstellen sollen. Davon habe ich keine Ahnung."
Ein kurzer Moment der Stille durchbrach das Gespräch. Jan sann nach. Über Anna, darüber, wie er es anstellen sollte, dass auch sie ihn wieder lieben würde. Oder liebte auch sie ihn immer noch?
„Rauchen Sie eigentlich? In diesem Fall würde ich gerne eine mit Ihnen mitrauchen", meldete sich Holga plötzlich dazwischen.
„Nein", sagte Jan und schüttelte den Kopf. Sporadisch hatte er mal geraucht. Eine Schachtel Zigaretten hatte immer einen ganzen Monat gereicht. Die letzte Zigarette lag inzwischen lange zurück. Jan genoss die Unterhaltung mit Holga jedoch so sehr, dass er, nachdem das Thema jetzt angesprochen war, Lust bekam, eine zu rauchen. Als zusätzlichen Genuss zu ihrem Gespräch. Noch ein Bier dazu wäre auch nicht schlecht, nur etwas unpassend, dachte Jan und war froh, es nicht auch noch vor Holga ausgesprochen zu haben.
„Kennen Sie das, wenn etwas einen völlig anderen, unerwarteten Verlauf nimmt? So geht es mir mit Ihnen. Sie waren für mich, verzeihen Sie mir, der typische, uninteressante, müffelnde Alkoholiker, der zum Ausnüchtern hierher gebracht wurde. Dass Sie noch eine Kopfplatzwunde hatten, weil Sie gestürzt waren, kommt bei diesem Patientenkreis auch schon mal vor", sagte Jan.
Holga zuckte kurz zusammen, als wollte er aufgrund der durch das Gespräch entstandenen Vertrautheit an dieser Stelle einhaken und das Unfallgeschehen klarstellen. Aber Holga blieb stumm. Jans Aufmerksamkeit für solche diskrete Gesten wie das flüchtige Zucken hatte über die Nachtstunden zu stark

nachgelassen, um eine Bedeutung dahinter zu vermuten.
„Sie haben mich wirklich überrascht!“ fügte Jan noch an.
Holga schwieg weiter, ohne auf Jan unbedingt abwesend zu wirken. Jan hoffte, nicht alles noch einmal sagen zu müssen. Er wusste gar nicht mehr so genau, was er eben überhaupt gesagt hatte. Es war eher aus ihm herausgesprudelt. So still wie Jan Holga nun vor sich sitzen sah, nahm er an, dass dieser noch etwas Ruhe gebrauchen könnte.
„Ich lasse Sie mal wieder allein. Aber schlafen Sie nicht zu tief, viel Zeit bleibt nicht mehr bis der Frühdienst hier das Ruder übernimmt“, sagte Jan.
„Danke“, meldete sich nun auch wieder Holga zu Wort.
„Können Sie den bitte noch wegschmeißen?“ fragte er Jan und gab ihm den leeren Kaffeebecher.
„Geben Sie her“, erwiderte Jan. „Das Licht mache ich wieder aus, oder?“
„Ja, bitte.“

Jan trat auf den Flur. Nur ein schmaler Lichtschein fiel noch durch den Spalt der angelehnten Tür zu Holga in den dunklen Raum hinein. Das Ende des Nachtdienstes rückte allmählich näher. Es war inzwischen kurz nach sechs Uhr, stellte Jan fest. Weitere Patienten waren anscheinend nicht erschienen, sonst hätten die Schwestern dem regen Austausch mit Holga gewiss ein jähes Ende bereitet.
Jan sah, dass Manja und Sabine sich in den Aufenthaltsraum zurückgezogen hatten. Sie saßen am Tisch und schienen zu essen. Obwohl Jan weder hungrig war noch Appetit hatte, gewann er den Eindruck, dass sich das flaue Gefühl in seinem Magen inzwischen zu einem riesigen, gähnenden Loch

ausgedehnt hatte. Er erinnerte sich an die Banane und den Müsliriegel, die in seiner Tasche im Stationsarztzimmer auf ihn warteten. Kurz entschlossen verließ Jan die Rettungsstelle und holte sich seinen kleinen Snack.

Als er auf der Station einen Blick aus dem Fenster des Arztzimmers warf, sah er, wie das Schwarz der Nacht langsam in ein dunkles Grau übergegangen war. Mit der Banane in der Hand machte sich Jan wieder auf den Weg zurück. Hastig biss er Stück für Stück ab, bis er nur noch die Schale in der Hand hielt.

23

Morgengrauen

Obwohl Baumgartner hinreichend mit sich beschäftigt war, entgingen ihm nicht die Schritte, die vom Flur aus zu ihm vordrangen. Er lauschte. Die Schritte wurden leiser und leiser, bis es wieder still war.
Baumgartner saß weiter wie gelähmt auf dem Boden der Toilette. Es dauerte einen Moment, bis ihm bewusst zu werden schien, dass jemand den gegenüberliegenden Raum verlassen und sich den Flur entlang entfernt hatte. Er erhob sich. Mit seiner unverletzten Hand drehte er das Türschloss, fasste dann nach der Klinke und drückte sie nach unten. Langsam öffnete sich die Tür. Über den leeren Flur wanderte sein scharfer Blick zu der angelehnten Tür des Ausnüchterungsraums.
Baumgartner dachte daran, sich einfach unauffällig durch die Schiebetüren der Rettungsstelle ins Freie zu begeben. Doch er befürchtete, dass er nicht mehr frei sein würde. Die Angst vor Entdeckung überwältigte ihn. Er konnte nicht gehen. Er ahnte, dass er die Sache hier und augenblicklich klären musste.
Seine linke Hand ließ die Türklinke, die er immer noch fest umklammert hielt, los. Mit einem kurzen Krachen schnappte die Klinke zurück nach oben. Das Geräusch irritierte Baumgartner nicht. Scheinbar unwillkürlich begann er an seiner Hose nach dem schmalen, schwarzen Ledergürtel zu tasten. Ihm war nicht mehr bewusst, was ihn steuerte. Er öffnete die Schnalle und zog den Gürtel durch die Schlaufen, bis er ihn in der Hand hielt.
Trotz der eingeschränkten Funktion seiner verbundenen rechten Hand schien er nicht nachdenken zu müssen,

wie es weitergehen sollte. Ohne innezuhalten, wickelte sich Baumgartner den Gürtel um den Verband der verletzten Hand, schob ihn durch die Schnalle und zog ihn über seinem Handgelenk fest. Auch der leichte einschießende Schmerz durch das feste Anziehen konnte ihn nicht ablenken. Er führte den Gürtel über den verbundenen Daumenballen um den Daumen herum zur Handaußenseite. Mit dem Daumen drückte er gegen den Gürtel, so dass dieser nicht verrutschen konnte. Das lose Ende baumelte in der Luft.
Baumgartner schaute wieder über den Flur, dann zu der angelehnten Tür. Er konnte niemanden sehen. Er konnte niemanden hören. Vier Schritte brauchte er, bis er vor der Tür des Ausnüchterungsraums stand. Mit der linken Hand drückte Baumgartner die Tür auf. Langsam drang das helle Licht aus dem Flur in den dunklen Raum vor. Nur wenige Meter vor ihm tauchte eine Liege auf, die, je weiter sich die Tür öffnete, immer mehr in den Lichtschein rückte.
Holga war noch nicht wieder eingeschlafen. Er lag auf der Liege, hatte aber seinen Oberkörper durch die vermeintliche Störung etwas aufgerichtet und hielt einen Unterarm vor sein Gesicht. Das helle Licht blendete ihn. Holga konnte eine schemenhafte, dunkle Gestalt auf sich zukommen sehen.
„Das ist aber nett, dass Sie das Licht aus lassen. Muss ich doch schon hier raus?“ fragte Holga.
„Keine Sorge. Alles ist gut“, erwiderte Baumgartner und griff mit der linken Hand fest nach dem Gürtelende. Er ging weiter auf Holga zu.
Während der letzten Stunden, die Holga in der Rettungsstelle verbracht hatte, war in ihm ein Gefühl der Sicherheit und Geborgenheit schwach, aber stetig gewachsen. Es reichte aus, um ihn nicht sofort misstrauisch werden zu lassen. Holga sah gleichmütig

zu, wie Baumgartner sich ihm näherte. Er bemerkte, dass Baumgartner etwas in den Händen zu halten schien, erkannte aber nicht was. Auch nicht, wer dort auf ihn zukam. Holga schöpfte keinen Verdacht.
Baumgartner riss plötzlich die Arme hoch, spannte den schwarzen Ledergürtel und legte die letzten anderthalb Meter zu Holga mit einem überraschenden Sprung zurück. Er schwang den straff gespannten Gürtel über Holgas Kopf bis zu dessen Nacken. Dann kreuzte Baumgartner die Hände und zog den Gürtel mit erbarmungsloser Kraft um Holgas Hals zu.
Dieser Angriff traf Holga genauso unvorbereitet wie der andere Stunden zuvor. Er bäumte sich auf, rang nach Luft und versuchte sich mit ungerichteten Schlägen zu wehren. Nichts was Holga versuchte, konnte Baumgartner aufhalten. Unter dem festen Zug begann sich der Gürtel zu dehnen. Baumgartner standen Schweißperlen auf der Stirn. Durch die Anstrengung verzerrte sich sein Gesicht.
Holgas Widerstand wurde schwächer. Allmählich erstarb auch sein Schnaufen. Schließlich sackte er in sich zusammen. Baumgartner zog den Gürtel noch fester an.

Jan hatte noch keinen Mülleimer gefunden, um sich seiner Bananenschale zu entledigen. Er öffnete die Tür zur Rettungsstelle und lief an der verwaisten Anmeldung vorbei. Manja und Sabine saßen noch im Aufenthaltsraum. Jan blieb stehen und überlegte einen Augenblick, ob er sich zu ihnen gesellen sollte. Er erinnerte sich an die Situationen, in denen die Gespräche zwischen den Schwestern dann plötzlich abgebrochen waren und man schweigend beieinander gesessen hatte, bis erst die eine, kurz darauf auch die andere Schwester, anscheinend im Arbeitseifer den

Aufenthaltsraum verlassen hatten, um wenig später in einer anderen Ecke erneut die Köpfe zusammenzustecken. Wie es bei Manja und Sabine gewesen war, vermochte Jan sich nicht mehr ins Gedächtnis zurückzurufen. Er entschied sich, zum Arztzimmer weiterzugehen.
Jan dachte sich nichts dabei, als er bereits von Weitem die Tür zum Ausnüchterungsraum offen stehen sah. Schon mehr wunderte es ihn, den anderen Patienten, Baumgartner, nun bei Holga im Raum stehen zu sehen. Jan konnte Baumgartner nur von hinten wahrnehmen, während Holgas auffällig spannungsloser Körper vor diesem hing. Holgas Gesicht war von Baumgartners Rücken verdeckt.
Vielleicht gab Jan einen Laut von sich oder er stieß mit dem Fuß an die Tür, vielleicht ließ er aufgeschreckt die Bananenschale fallen oder er atmete einfach nur allzu gut hörbar ein und aus. Was Baumgartner letztlich aufschreckte, konnte sich Jan nicht erklären. Baumgartner öffnete seine linke Hand. Der Gürtel löste sich von Holgas Hals. Mit einem dumpfen Aufprall fiel der tote Körper zu Boden. Baumgartner drehte sich um. Jan sah sich fortrennen, doch seine Beine rührten sich keinen Millimeter. Wie erstarrt stand er immer noch in der Tür. Baumgartner bewegte sich auf ihn zu. Während der durchdringende Blick starr auf Jans Gesicht gerichtet war, fasste die linke Hand wieder nach dem Gürtelende.
Jan hörte sich schreien. Sein Mund stand offen, doch außer seinem schnellen Atmen war nichts weiter zu hören. Mit zwei forschen, großen Schritten überbrückte Baumgartner, die Arme erneut hoch gerissen und den Gürtel gespannt, den restlichen Abstand zu Jan.
Wohingegen das Fortrennen und das Schreien nur in seiner Einbildung abgelaufen waren, begann Jan, dem

die unausweichliche Bedrohung seines eigenen Lebens endlich bewusst war, sich nun wirklich zu wehren. Bevor sich der Gürtel auch um seinen Hals legen konnte, gelang es ihm, Baumgartners Arme nach oben und von sich weg zu drücken. Die Arme zur Decke gestreckt, tänzelten sie beide, sich drehend, durch den Ausnüchterungsraum.
Jans Konzentration hatte sich einzig auf seine Selbsterhaltung verengt. Er übersah die Leiche auf dem Boden, stolperte seitwärts über Holga und fiel hin, wobei Baumgartner sich losreißen konnte.
Während Jan sich wieder aufrichtete, nahm Baumgartner die Spannung aus dem Gürtel und zog ihn von seiner verbundenen Hand ab. Baumgartners linke Hand umklammerte fest das Gürtelende, die Schnalle hing knapp über dem Boden. Jan sah, wie Baumgartner mit dem linken Arm plötzlich ausholte und der Gürtel wie eine Peitsche auf ihn zuflog. Dem ersten Hieb konnte Jan noch ausweichen. Beim zweiten traf ihn das harte Metall der Schnalle mitten im Gesicht. Jan überkam das Gefühl, dass sein Nasenbein soeben zerschmettert worden wäre. Reflexartig führte er eine Hand zu seiner Nase, um zu fühlen, was noch davon übrig war. Bevor er dies feststellen konnte, traf ihn der nächste wuchtige Hieb an der rechten Schläfe. Jans Sicht verschwamm und er brach bewusstlos zusammen.

24

Anna und Jan (Epilog)

Anna liegt in ihrem Bett. Jan neben ihr. Sie streichelt zärtlich über seine Stirn, dann abwärts zu seinem Ohrläppchen, das sie zwischen Daumen und Zeigefinger nimmt und sanft daran zu ziehen beginnt.
Anna: Musst du nicht los?
Jan: Nein, ich habe noch Zeit. Der Termin wurde auf vierzehn Uhr verschoben.
Anna: Schön. Dann haben wir noch den Vormittag zusammen.
Jan: Nicht einfach nur schön. Das ist wunderschön!
Anna: Gut, dass du nicht mehr in die Klinik musst.
Sie schauen sich in die Augen.
Anna: Bist du aufgeregt wegen nachher?
Jan: Irgendwie schon. Ich weiß eben nicht, was mich erwartet.
Anna: Bestimmt werdet ihr euch heute erst einmal kennenlernen müssen und es wird weniger um die Sache an sich gehen.
Jan: Wahrscheinlich. Es muss ja auch irgendwie mit dem Therapeuten passen, wenn ich mich vor ihm öffnen soll. Irgendwann.
Anna: Und der mit dir dann auch noch die Tiefen und Abgründe deiner Seele ausloten wird.
Jan: Mach dich nur lustig.
Anna: Ich mach mich nicht lustig. Ich finde das total faszinierend.
Jan mit leichtem Unglaube: So?
Anna: So.
Jan: Das wollen wir doch mal sehen.

Jan springt auf und fängt an, Annas nackten Bauch abzuküssen. Seine kurzen Bartstoppeln kitzeln ihre weiche Haut. Anna windet sich vor Lachen. Jans Lippen wandern hoch über Annas Bauch zu ihren Brüsten, weiter über ihre Drosselgrube und ihren Hals bis zu ihren Lippen.

Nachdem sie den Vormittag und die Mittagszeit im Bett verbracht haben, verschwindet Jan mit seinen Klamotten unter dem Arm im Bad und duscht sich. Vor dem Spiegel stylt er sich die Haare. Sein Blick fällt auch auf seine leicht nach links abweichende Nase. Jan denkt für einen Moment zurück an die Schwellung in seinem Gesicht und die Schmerzen durch den Nasenbeinbruch. Die Schwellung und die Schmerzen sind vergangen, die schiefe Nase ist geblieben.

Jan zieht sich an und geht in die Küche. Er schaltet das weiße Kofferradio, das auf dem weißen Wandboard steht, ein. Zu den aufreizenden Klängen von Springsteens „I'm On Fire" macht er zwei große Tassen Milchkaffee und bringt Anna eine ans Bett. Er setzt sich neben sie auf die Bettkante, streichelt ihr über das dunkle Haar. Anna schlägt die Augen auf und lächelt.
Anna: Mmh, der Kaffee riecht gut. Danke schön!
Jan: Gerne. Bist du heute Abend da?
Anna: Ja, ich habe heute frei. Und morgen habe ich die Tagesschicht.
Jan: Sehen wir uns dann morgen Abend auch?
Anna: Was denkst du denn?
Jan: Ich möchte dich auf jeden Fall sehen.
Anna neckisch: Ich muss mir das noch überlegen.
Jan lacht: Du, pass bloß auf! Ich weiß, an welchen Stellen du kitzlig bist.

Anna: Okay, okay.

In der Küche ertönen im Radio die Nachrichten. Die Lautstärke ist zu gering, um die Meldungen bis zu Anna und Jan im Schlafzimmer zu tragen. Sie hören nicht, dass heute früh ein in Untersuchungshaft befindlicher Mann erhängt in seiner Zelle aufgefunden wurde.

Jan erhebt sich von der Bettkante: Du, ich muss jetzt los. Ich freue mich auf nachher.
Anna: Nur auf nachher?
Jan: Auf dich!
Anna strahlt: Ich freue mich auch auf dich. Viel Spaß kann ich dir ja nicht wünschen, oder?
Jan: Mal schauen, ob Spaß und Traumatherapie irgendwie miteinander vereinbar sind. Ich werde es dir heute Abend erzählen.
Anna: Ich bin gespannt.
Jan mit ernster Stimme: Weißt du, dass ich dich liebe?
Anna: Viel wichtiger ist doch, dass du es jetzt weißt.

Printed in Poland
by Amazon Fulfillment
Poland Sp. z o.o., Wrocław

51049114R00103